今天如何读经典

刘勇　李春雨◎主编

# 师者自清

今天如何读朱自清

解楚冰　王运泽　戴佩琪　著

中国人民大学出版社
·北京·

图书在版编目（CIP）数据

师者自清：今天如何读朱自清／解楚冰，王运泽，戴佩琪著．--北京：中国人民大学出版社，2021.3
（今天如何读经典／刘勇，李春雨主编）
ISBN 978-7-300-29026-3

Ⅰ．①师… Ⅱ．①解… ②王… ③戴… Ⅲ．①朱自清（1898-1948）-文学研究 Ⅳ．①I206.6

中国版本图书馆CIP数据核字（2021）第034201号

今天如何读经典
刘 勇 李春雨 主编
**师者自清：今天如何读朱自清**
解楚冰 王运泽 戴佩琪 著
Shizhe Ziqing: Jintian Ruhe Du Zhu Ziqing

| | |
|---|---|
| 出版发行 | 中国人民大学出版社 |
| 社　　址 | 北京中关村大街31号　　邮政编码　100080 |
| 电　　话 | 010-62511242（总编室）　010-62511770（质管部） |
| | 010-82501766（邮购部）　010-62514148（门市部） |
| | 010-62515195（发行公司）　010-62515275（盗版举报） |
| 网　　址 | http：//www.crup.com.cn |
| 经　　销 | 新华书店 |
| 印　　刷 | 天津中印联印务有限公司 |
| 规　　格 | 148mm×210mm　32开本　　版　次　2021年3月第1版 |
| 印　　张 | 5.75　插页1　　　　　　　 印　次　2024年1月第2次印刷 |
| 字　　数 | 96 000　　　　　　　　　　 定　价　32.00元 |

版权所有　　侵权必究　　印装差错　　负责调换

# 引 言

## 今天为什么读朱自清

朱自清曾在《经典常谈·序》中谈道:"在中等以上的教育里,经典训练应该是一个必要的项目。经典训练的价值不在实用,而在文化。有一位外国教授说过,阅读经典的用处,就在教人见识经典一番。这是很明达的议论。再说做一个有相当教育的国民,至少对于本国的经典,也有接触的义务。"今天我们为什么读朱自清,为的便是先生所说的"文化"二字。

从小学阶段的《匆匆》,到初中时期的《春》《背影》,再到高中的《荷塘月色》,朱自清的文章贯穿了我们整个中小学教育阶段。无论是作文还是做人,这些作品在每个年龄段读来都让人有不同的感悟,也影响、塑造着一代又一代青少年的精神世界,令人回味。

朱自清以散文创作闻名于世。他的写景散文正如叶子上滚动的露珠,晶莹剔透又清新隽永,其散文语言不仅值得中学生学习借鉴，其质朴韵味与文化意蕴更值得所有人细细玩味。《春》一文选择了许多普通的意象：桃子、蜜蜂、无名小花等。朱自清用了一些生动的形容词，使这些美好的形象在他笔下化为了充满灵性的活物：红的像火的桃花、粉的像霞的杏花、白的像雪的梨花、翩翩起舞的蝴蝶、相互追逐的蜜蜂、漫山遍野的无名小花等，达到了"状难写之景在眼前，含不尽之意于言外"的艺术佳境。

《荷塘月色》的景物描写则表现出朱自清哀而不伤的情感。荷塘里充斥着朱自清淡淡的忧愁——"树色一例是阴阴的，乍看像一团烟雾"，又弥漫着朱自清淡淡的喜悦——"但杨柳的丰姿，便在烟雾里也辨得出"，折射出朱自清美文的思想意蕴，表现出朱自清美文中的儒家文化特质。儒家认为，人的感情不可恣意发挥，应该讲求节制，力求达到"中和"，在"中和"中创造和谐有序的美感形式。朱自清不满当时黑暗的社会现实，但又不能像战士一样拿起手中的枪来反抗，他只能在"月色下的荷塘中"得到片刻的自由与欢愉，试图追求"独处"，追求宁静与超脱，游离于现实之外。他的身上既体现了知识分子强烈的社会责任感，又体现了知识分子的软弱性格与逃避现实的心态，这些正是儒家的"中和主义"对他的影响。

以《背影》为代表的记事怀人散文，是朱自清最为动人的作品。中学时或许只是研读它的篇章结构、措辞语言，等到成

## 引言
### 今天为什么读朱自清

年后的某一天再读这篇文章,我们的经历似乎与朱自清的人生重合起来,在一字一句中便会感受到时间的力量与情感的厚重。

《背影》不是即兴之作,而是时间酝酿与积淀下的产物。1917年的冬天,对于朱家而言,格外寒冷。父亲欲纳姨太太,父子二人因此产生了矛盾,此事更导致父亲被撤职,家里花了好些钱才摆平,朱自清的祖母也因此受气离世。父亲导致家中发生如此变故,朱自清自然心生芥蒂。祖母的丧事料理完毕,朱自清要返校,父亲要去南京谋差事,这才有了《背影》中父子相别的场景。1925年,朱自清收到父亲的来信,信中说:"我身体平安,惟膀子疼痛厉害,举箸提笔,诸多不便,大约大去之期不远矣。"朱自清看后,回忆起八年前祖母丧事之后,与父亲在浦口车站分别的情景,百感交集,悲从中来,完成了《背影》。从1917年到1925年,父亲的背影隐约萦绕在朱自清心头,他在生活的现实中渐渐读懂了父亲。八年间,曾经外出寻职的父亲不仅没有任何结果,还病倒外乡,被人送回扬州,长期赋闲,家里经济每况愈下。1920年,长女采芷出生,朱自清自己也成为父亲。本是家中长子的朱自清多了一个父亲的角色,肩负起沉重的家庭责任,为生活而奔波辛劳。在收到父亲来信的那一刻,生活的不易、特别的父子关系,以及多年来经历的家庭、社会的变化,全都从朱自清脑海里喷涌而出。

这一刻，曾经对父亲心存芥蒂的朱自清释怀了。1928年，散文集《背影》出版，朱自清把书寄回扬州，两代人在七八年的时间里获得了真正的心灵靠近。

"我与父亲不相见已二年余了，我最不能忘记的是他的背影"，脑海中"肥胖的、青布棉袍黑布马褂的背影"承载着家庭的悲苦与温情。《背影》中的父亲，不仅将父爱表达得深沉、隽永，还带有母爱的特质：细腻、琐碎、不厌其烦。背影不仅是朱父的，也是许多在20世纪初期衰落的中国普通家庭的父亲、母亲的背影。《背影》是在新旧文化和思想观念冲突之下，中国式父子关系的一种呈现方式，是一代人望着前代人的足迹的暗喻。《背影》也是中国人家庭伦理的亲情象征，前一辈人的背影浓缩成了一个民族文化形象，当新一代人站在反思和超越的位置时，回首处饱含着文化的深情和血脉的承续，温情而厚重。

文字的力量不仅在于它本身的美，更在于它背后蕴含的文化。从朱自清的文章中，我们能读出传统与现代、中国与西方各种文化的交织，读出饱含其中的先生的真实体验与细腻情感。于是，我们会常读常新，我们会在人生的不同阶段有不同的感动，这大概就是经典的魅力吧！

# 目 录

## 第一章 "我是扬州人"

青灯有味是儿时　// 003

生命中的"扬州情结"　// 009

散文中的"扬州名城"　// 015

## 第二章 《雪朝》：新诗成熟的踪迹

"打破形式上的束缚"　// 028

"我们要求质朴"　// 041

## 第三章 《背影》背后的故事

《背影》背后的父子冲突　// 057

《背影》中的情感描写　// 063

## 第四章 四美毕至的《春》与《荷塘月色》

生命的静穆美　// 072

情感的细腻美 // 079

描写的形象美 // 085

语言的音韵美 // 093

## 第五章 《欧游杂记》中的人、景、情、味

人：逼真传神的人物形象 // 102

景：自然景观和人文景观 // 109

情：情思的渊源与寄托 // 116

味：自成一格的艺术韵味 // 123

## 第六章 文学的《标准与尺度》

"意在表现自己" // 134

"客观写作" // 141

"雅俗共赏" // 150

## 第七章 师者自清

朱老师是怎样"炼"成的 // 158

语文学习要注重读与写 // 164

# 第一章 "我是扬州人"

**导读**

朱自清原籍浙江绍兴,出生于江苏省东海县,他在那里度过了六年的童年时光,六岁随家人定居扬州,直到十八岁考入大学预科,一直生活在扬州。他总是说"我是扬州人",那么,朱自清在扬州的童年生活是怎样的呢?为什么朱自清如此深爱扬州,以至于在文章中多次书写呢?

# 第一章 "我是扬州人"

# 青灯有味是儿时

江苏北部有一座小城——东海，古时称为海州、海宁；民国元年，因为县城东边濒临大海，改海州直隶州为东海县。这里有"冬夏如汤"的东海温泉，美丽的西双湖和海陵湖如两颗明珠般镶嵌此地，这里亦是闻名中外的水晶之都。这里便是朱自清的诞生之地。

公元1898年11月22日，在这个人杰地灵的城市里，在县承审官朱则余的宅邸中，朱自清出生了。朱则余是朱自清的爷爷，他是东海县的承审官，即负责地区民事、刑事案件审理的官员，也曾经是末代皇帝溥仪的启蒙老师。由此可见朱自清的家风之严谨。

朱自清原来有两个哥哥，叫大贵和小贵，但是因为当时的医疗条件不够好，不幸相继夭折，因而朱自清的出生不仅给全家带来诸多喜悦，他本身也被寄予厚望，这一点从他的名字当中就可以看出。朱自清原名自华，号实秋，实际上出自"春华秋实"这个典故。（陈寿《三国志·魏志·邢颙传》:"采庶子之春华,忘家丞之秋实。")春华秋实,意思是春天开花,秋天结果,要先努力耕耘播种,才会有后来的花朵与果实,比喻修身律己、品行高洁。由此可见,家人希望朱自清品德高尚,同时努力学习,于是起了这样的一个名和字。至于"自清"这一名字的更改,则是他考取北京大学之后的事情了。

### 朱自清改名字

朱自清到北大学习之后,因为觉得自己性格较为优柔寡断,为了勉励自己努力学习,奋发图强,便取《韩非子》中"董安于之性缓,故佩弦以自急"之意,改字为"佩弦"。另外,朱自清在考取北大时,正值新文化运动时期,当时社会形势复杂,为了让自己能坚守志向,不与世俗同流合污,他便取《楚辞·卜居》中"宁廉洁正直以自清乎"的"自清"二字为自己的名,勉励自己。

朱自清

前面提到,朱自清的爷爷是皇帝的老师。朱则余当年在科举考试中考取进士,之后一步步升官到太子少傅。爷爷的经历使得朱家颇有书香门第的气息,如今朱自清故居客厅中堂挂的对联也写着"忠孝传家远,诗书继世长",都体现了朱氏家族的优良家风。朱自清自小开始学习古文和诗词,不仅在家被爷爷和父亲严格督学,还被送到一些秀才或者举人那里加强学习。

朱自清生于江苏东海,这里原属浙江绍兴,不过,朱自清却有一篇十分出名的回忆散文,名为《我是扬州人》,他在其中提到了自己的籍贯问题:

有些国语教科书里选得有我的文章,注解里或说我是浙江绍兴人,或说我是江苏江都人——就是扬州人。有人疑心江苏江都人是错了,特地老远的写信托人来问我。我说两个籍贯都不算错,但是若打官话,我得算浙江绍兴人。浙江绍兴是我的祖籍或原籍,我从进小学就填的这个籍贯;直到现在,在学校里服务快三十年了,还是报的这个籍贯。不过绍兴我只去过两回,每回只住了一天;而我家里除先母外,没一个人会说绍兴话。①

原来,朱自清四岁时,由于父亲到扬州的邵伯镇做了一个小官,他便随父亲母亲到扬州生活定居,从此,他的童年生活便在扬州度过,两年后移居扬州的主城生活。朱自清对扬州的感情十分深厚,以至于他曾在散文《我是扬州人》中深切地说:"我家跟扬州的关系,大概够得上古人说的'生于斯,死于斯,歌哭于斯'了","所以……我总该算是扬州人的"。扬州对于朱自清来说,具有"扬州人"的特别意义。而邵伯,是朱自清到达扬州的第一个城镇。邵伯小镇给朱自清留下的美好回忆,使得朱自清发出了"青灯有味是儿时,其实不止青灯,儿时的一切都是有味的"这样的感慨。邵伯镇到底如何有味?它给朱自清先生留下了什么呢?朱自清曾经在文章中回忆道:

我就生在海州。四岁的时候先父又到邵伯镇做小官,将我

---

① 朱自清.我是扬州人//朱自清全集:第4卷.南京:江苏教育出版社,1996:455.

# 第一章 "我是扬州人"

们接到那里……在邵伯住了差不多两年,是住在万寿宫里。万寿宫的院子很大,很静;门口就是运河。河坎很高,我常向河里扔瓦片玩儿。邵伯有个铁牛湾,那儿有一条铁牛镇压着。父亲的当差常抱我去看它,骑它,抚摩它。镇里的情形我也差不多忘记了。只记住在镇里一家人家的私塾里读过书,在那里认识了一个好朋友叫江家振,我常到他家玩儿,傍晚和他坐在他家荒园里一根横倒的枯树干上说着话,依依不舍,不想回家。①

　　住万寿宫、爬运河堤、游铁牛湾、上私塾、跟朋友玩,这些童年生活中十分平常的情景,居然在朱自清离开邵伯几十年之后出现在了朱自清的散文作品当中,被用看似平淡但又包含着些许怀念的笔调写出,足见扬州小镇对朱自清的重要意义。由此也可看出自清先生的真性情。仅仅居住了两年的万寿宫,扔瓦片玩儿的日常生活,看过、骑过、抚摸过的铁牛,差不多忘记具体情形的镇中生活,很可能是无聊且枯燥的私塾学习,小时候朋友间简单的玩闹谈笑,都让朱自清在几十年后觉得"青灯有味",甚至童年的一切都是"有味"的。之所以说青灯有味,其实是因为过去在寺庙里,灯罩是用布做的,因颜色呈青色,灯罩的颜色盖过了灯火本身的颜色,于是叫作青灯。

---

① 朱自清.我是扬州人//朱自清全集:第4卷.南京:江苏教育出版社,1996:455.

陆游曾在其《秋夜读书每以二鼓尽为节》诗中化用"青灯"写道："白发无情侵老境，青灯有味似儿时。"在这里，朱自清也化用了陆游的诗歌，表达自己对儿时生活的怀念，并且用"青灯"之寓意道出儿时生活对现在生活造成的影响。正如陆游诗中所写，就算人已经白发苍苍，案前的书灯也如儿时一般闪耀，儿时所经历的所有事情也会如灯罩般，对自己的人生轨迹产生巨大的影响。朱自清正是感受到了这点，才会如此这般看重童年的扬州生活这盏"青灯"。

清华园朱自清塑像

（供图 兰欣）

# 生命中的"扬州情结"

朱自清童年生活的这盏"青灯",对他产生了潜移默化的影响,使得他的生命当中一直存在着一种"扬州情结"。回顾朱自清的一生,我们可以看到他在两个地方生活的时间最长:一个是他在北京大学学习与在清华大学工作时期的北京,他在那儿前后大约断断续续地待了17年;另一个就是他童年生活了13年的扬州,这13年是他性格、人格养成的重要时期,他在扬州接受了教育,也受到了扬州历史与城市环境的熏陶,由此,他的成长便与扬州有了剪不断、割不掉的关系。

环境熏陶及学校教育对于一个人的成长有着极为重要的影响,而童年生活往往是一个人的品格、性情形成的重要阶段,一个人的品格、性情总有他青少年时代生活的影子,总可以在他的儿时生活中寻觅到某些踪迹。从朱自清在扬州的特殊经历来看,朱自清后来的人生选择及价值观念在一定程度上受到了扬州历史名人的影响。在辛亥革命之前,朱自清上小学期间,有一年多的时间,朱自清因陪父亲养病,住在扬州史公祠内,

朱自清扬州故居（供图 郭辉/千龙图像/视觉中国）

多次听到史可法领导扬州人民英勇抗清而宁死不屈的故事：史可法是明末的兵部尚书兼东阁大学士，在清兵入关时期自请到抗清的前线扬州督师。清摄政王多尔衮曾经写信给史可法劝他投降，但史可法严词拒绝，坚守在扬州，最终因为寡不敌众被清兵俘获并且殉难。清乾隆帝追谥史可法为忠正公，并下令在史公衣冠冢旁建祠纪念。朱自清由此十分崇敬史可法，直到上中学时，他还常到扬州城外的梅花岭去凭吊史可法的衣冠冢，并写下了一些凭吊的诗篇。

史可法的民族气节与爱国情怀深刻地印在了朱自清的骨

子里，也体现在了朱自清的实际行动中。1948年初，在战争时期，朱自清的胃病加重，且全国物资短缺、粮食严重不足，朱自清家中的人口又较多，在这种情况下，他仍旧毅然决然地在《抗议美国扶日政策并拒绝领取美援面粉宣言》上签字，把分配到的面粉配给证还了回去，同时在临终前用微弱的声音叮嘱家人不要购买美国的面粉。本应在病重期间吃细粮、按时进食的朱自清，签下了这份声明便等于切断了自己的生命之路，但他仍旧毫不犹豫，最终因胃病去世。毛泽东主席曾将这样的民族骨气总结为"一身重病，宁可饿死，不领美国的'救济粮'"[1]。此外，朱自清在清华大学任教期间，还曾经多次参加爱国运动，也支持学生的革命运动。决绝的生命抉择，日常的一举一动，朱自清对史可法的崇敬变成了他自身同样值得尊敬的民族气节与爱国情怀。

扬州还有诸多历史名人，都或多或少地对朱自清产生了正面的影响。但一个地方不可能是十全十美的，朱自清曾在其散文《我是扬州人》中回忆道："扬州真是衰落得可以啊。"扬州的生活也使得朱自清对社会上的一些现象有了较为清晰的反思，使得朱自清养成了更为完整的思辨人格。

---

[1] 毛泽东.毛泽东选集：第4卷.北京：人民出版社，1991：1495.

【经典品读】

### 《我是扬州人》（朱自清）选段

扬州真像有些人说的，不折不扣是个有名的地方。不用远说，李斗《扬州画舫录》里的扬州就够羡慕的。可是现在衰落了，经济上是一日千丈的衰落了，只看那些没精打采的盐商家就知道。扬州人在上海被称为江北老，这名字总而言之表示低等的人。江北老在上海是受欺负的，他们于是学些不三不四的上海话来冒充上海人。到了这地步他们可竟会忘其所以的欺负起那些新来的江北老了。这就养成了扬州人的自卑心理。抗战以来许多扬州人来到西南，大半都自称为上海人，就靠着那一点不三不四的上海话；甚至连这一点都没有，也还自称为上海人。其实扬州人在本地也有他们的骄傲的。他们称徐州以北的人为侉子，那些人说的是侉话。他们笑镇江人说话土气，南京人说话大舌头，尽管这两个地方都在江南。英语他们称为蛮话，说这种话的当然是蛮子了。然而这些话只好关着门在家里说，到上海一看，立刻就会矮上半截，缩起舌头不敢哼一声了。扬州真是衰落得可以啊！

我也是一个江北老，一大堆扬州口音就是招牌，但是我却不愿做上海人；上海人太狡猾了。况且上海对我太生疏，生疏的程度跟绍兴对我也差不多；因为我知道上海虽然也许比知道绍兴多些，但是绍兴究竟是我的祖籍，上海是和我水米无干的。然而年纪大起来了，世界人到底做不成，我要一个故乡。俞平伯先生有一行诗，说"把故乡掉了"。其实他掉了故乡又找到了一个故乡；他诗文里提到苏州那一股亲热，是可羡慕的，苏州就算是他的故乡了。他在苏州度过他的童年，所以提起来一点一滴都亲亲热热的，童年的记忆最单纯最真切，影响最深最久；种种悲欢离合，回想起来最有意思。"青灯有味是儿时"，其实不止青灯，儿时的一切都是有味的。这样看，在那儿度过童年，就算那儿是故乡，大概差不多罢？这样看，就只有扬州可以算是我的故乡了。何况我的家又是"生于斯，死于斯，歌哭于斯"呢？所以扬州好也罢，歹也罢，我总该算是扬州人的。

如前面所提到的，朱自清家是举家搬迁到扬州的，他们在扬州算是客居。而扬州人又因为朱自清所说的冒充上海人的自卑心理，对其他江北地区的人民有一些歧视心理，使得朱自清在扬州的生活添了几分孤独与寂寞。同时，他也看到了扬州的一些封建地主对外地人民及贫苦人民的欺压与剥削。此外，朱自清的家庭本身就是一个旧式封建官僚家庭,虽然重视读书与学习,但长辈们依旧封建思想根深蒂固,封建礼教十分森严,同时父亲还大肆纳妾,使得家境逐渐开始衰落。朱自清在童年及青少年时期经历的排斥与孤独、剥削与衰落,不仅使朱自清更加同情贫苦人民,也更加坚定了他"自清"的信念:不与世俗同流合污,洁身自好。

费尔巴哈说过:"痛苦是诗歌的源泉。只有将一件有限的事物的损失看成一种无限损失的人,才具有抒情的热情和力量。只有回忆不复存在的事物时的惨痛激动,才成就人类的第一个艺术家。"朱自清在扬州的这些经历,也使得他形成了强烈的书写扬州的内驱力。包含《我是扬州人》在内的诸多与扬州相关的散文作品,不仅蕴含着他回忆青少年生活的深情,也内蕴着他对社会人生的深刻思考。可以说,这"或好或歹"的扬州,给朱自清留下了十分宝贵的写作与人生财富。

# 散文中的"扬州名城"

扬州确如朱自清所说,"不折不扣是个有名的地方",现在也被称作世界遗产城市和国家历史文化名城,由此可见它的历史底蕴与文化内涵是十分深厚的。在朱自清"扬州情结"的驱使下,他描写了扬州地区的许多风俗文化,令我们一打开他的散文集,就能感受到二三十年代的"扬州名城"。

扬州自古是一座旅游城市,其开放和繁华程度在隋唐之时就体现了出来,现如今也拥有瘦西湖、个园、何园等著名的旅游风景名胜区,市区亦有147处文物保护单位、30多处私家住宅园林。朱自清在他的散文名篇《扬州的夏日》《看花》《说扬州》等文中,都书写介绍了扬州景色优美的旅游景点,也表达了自己旅游放松休闲的情致。他的这些散文是朴素的,他所使用的手法基本都是白描,用简单质朴的语言描写了扬州的景色,"五个亭子的桥""法海寺有个塔"这些表述,平实地描绘出扬州近到小金山、法海寺、五亭桥,远到平山堂等风景名胜。这些平实的表述之所以不让人感到无聊,是因为朱自清有两大法宝：第一个法宝是幽默。在他平实的语言当中穿插着一些幽默的话语，使得整篇文章的语言变得十分有趣，"可是我还不曾有过那样福气""你们猜不着"等为文章平添了几分乐趣，读来令人不觉平淡。第二个法宝则是讲故事。法海寺塔座的故事、瘦西湖船娘的故事，为景物描写增添了一些叙事的成分。朱自清的描写法宝实际上也是扬州旅游文化的特色，既平实又带有几分悠闲的乐趣，也不乏历史文化的故事内涵，难怪令朱自清神往。

【经典品读】

### 《扬州的夏日》（朱自清）选段

沿河最著名的风景是小金山，法海寺，五亭桥；最远的便是平山堂了。金山你们是知道的，小金山却在水中央。在那里望水最好，看月自然也不错——可是我还不曾有过那样福气。"下河"的人十之九是到这儿的，人不免太多些。法海寺有一个塔，和北海的一样，据说是乾隆皇帝下江南，盐商们连夜督促匠人造成的。法海寺著名的自然是这个塔；但还有一桩，你们猜不着，是红烧猪头。夏天吃红烧猪头，在理论上也许不甚相宜；可是在实际上，挥汗吃着，倒也不坏的。五亭桥如名字所示，是五个亭子的桥。桥是拱形，中一亭最高，两边四亭，参差相称；最宜远看，或看影子，也好。桥洞颇多，乘小船穿来穿去，另有风味。平山堂在蜀冈上。登堂可见江南诸山淡淡的轮廓；"山色有无中"一句话，我看是恰到好处，并不算错。这里游人较少，闲坐在堂上，可以永日。沿路光景，也以闲寂胜。从天宁门或北门下船。蜿蜒的城墙，在水里倒映着苍黝的影子，小船悠然地撑过去，岸上的喧扰像没有似的。

船有三种：大船专供宴游之用，可以挟妓或打牌。小时候常跟了父亲去，在船里听着谋得利洋行的唱片。现在这样乘船的大概少了吧？其次是"小划子"，真像一瓣西瓜，由一个男人或女人用竹篙撑着。乘的人多了，便可雇两只，前后用小凳子跨着：这也可算得"方舟"了。后来又有一种"洋划"，比大船小，比"小划子"大，上支布篷，可以遮日遮雨。"洋划"渐渐地多，大船渐渐地少，然而"小划子"总是有人要的。这不独因为价钱最贱，也因为它的伶俐。一个人坐在船中，让一个人站在船尾上用竹篙一下一下地撑着，简直是一首唐诗，或一幅山水画。而有些好事的少年，愿意自己撑船，也非"小划子"不行。"小划子"虽然便宜，却也有些分别。譬如说，你

> 们也可想到的，女人撑船总要贵些；姑娘撑的自然更要贵啰。这些撑船的女子，便是有人说过的"瘦西湖上的船娘"。
>
> 船娘们的故事大概不少，但我不很知道。据说以乱头粗服，风趣天然为胜；中年而有风趣，也仍然算好。可是起初原是逢场作戏，或尚不伤廉惠；以后居然有了价格，便觉意味索然了。

淮扬菜是中国传统四大菜系之一，也是八大菜系当中苏菜的重要组成部分。扬州是淮扬菜的发祥地，朱自清的散文中自然也少不了介绍扬州的美食文化。"扬州是吃得好的地方。这个保你没错儿。"（《说扬州》）道出了朱自清对扬州美食的喜爱，他在介绍美食时使用的依然是平实而幽默的语言，从人们的惯性思维入手，将扬州菜与北平人心中的江苏菜、山东菜、镇江菜作了对比，概括出扬州菜"色香味"的"个性"与"特征"，即：口感鲜美，"滋润，利落，决不腻嘴腻舌"，颜色"清丽悦目"。同时，他还选取了扬州美食最为著名的承载地——茶馆，进行了详细的描写，将茶馆中林林总总的"吃的花样"介绍了个遍：烫干丝、汤包等等经典扬州小吃，在朱自清夹带着浙江方言和京味方言的文字描述中，仿佛走出了书本，让读者目睹了小吃烹饪的全过程，并且有"成品"端到了读者面前，十分生动形象，包各位"捧着肚子走出"。

## 【经典品读】

### 《说扬州》（朱自清）选段

另有许多人想，扬州是吃得好的地方。这个保你没错儿。北平寻常提到江苏菜，总想着是甜甜的腻腻的。现在有了淮扬菜，才知道江苏菜也有不甜的；但还以为油重，和山东菜的清淡不同。其实真正油重的是镇江菜，上桌子常教你腻得无可奈何。扬州菜若是让盐商家的厨子做起来，虽不到山东菜的清淡，却也滋润，利落，决不腻嘴腻舌。不但味道鲜美，颜色也清丽悦目。扬州又以面馆著名。好在汤味醇美，是所谓白汤，由种种出汤的东西如鸡鸭鱼肉等熬成，好在它的厚，和啖熊掌一般。也有清汤，就是一味鸡汤，倒并不出奇。内行的人吃面要"大煮"；普通将面挑在碗里，浇上汤，"大煮"是将面在汤里煮一会，更能入味些。

扬州最著名的是茶馆；早上去下午去都是满满的。吃的花样最多。坐定了沏上茶，便有卖零碎的来兜揽，手臂上挽着一个黯病的柳条筐，筐子里摆满了一些小蒲包，分放着瓜子花生炒盐豆之类。又有炒白果的，在担子上铁锅爆着白果，一片铲子的声音。得先告诉他，才给你炒。炒得壳子爆了，露出黄亮的仁儿，铲在铁丝罩里送过来，又热又香。还有卖五香牛肉的，让他抓一些，摊在干荷叶上；叫茶房拿点好麻酱油来，拌上慢慢地吃，也可向卖零碎的买些白酒——扬州普通都喝白酒——喝着。这才叫茶房烫干丝。北平现在吃干丝，都是所谓煮干丝；那是很浓的，当菜很好，当点心却未必合式。烫干丝先将一大块方的白豆腐干飞快地切成薄片，再切为细丝，放在小碗里，用开水一浇，干丝便熟了；滗去了水，拢成圆锥似的，再倒上麻酱油，搁一撮虾米和干笋丝在尖儿，就成。说时迟，那时快，刚瞧着在切豆腐干，一眨眼已端来了。烫干丝就是清得好，不妨碍你吃别的。接着该要小笼点心。北平淮扬馆子出卖的汤包，诚哉是好，在扬州却少见；那实在是淮阴的名字，扬州不该掠美。扬州的小笼点心，肉馅儿的，蟹肉馅儿的，笋肉馅儿的且不用说，最可口的是菜包子菜烧卖，还有干菜包子。菜选那最嫩的，剁成泥，加一点儿糖一点儿油，蒸得白生生的，热腾腾的，到口轻松地化去，留下一丝儿余味。干菜也是切碎，也是加一点儿糖和油，燥湿恰到好处；细细地咬嚼，可以嚼出一点橄榄

> 般的回味来。这么着每样吃点儿也并不太多。要是有饭局，还尽可以从容地去。但是要老资格的茶客才能这样有分寸；偶尔上一回茶馆的本地人外地人，却总忍不住狼吞虎咽，到了儿捧着肚子走出。

在旅游与美食文化之外，发人深省的社会风俗文化也在朱自清的散文当中被多次刻画。在旅游文化当中曾经出现过的"瘦西湖上的船娘"，在美食文化中曾经谈到的父亲在桌上的"洋油炉子"（即煤油炉子）里的白煮豆腐、扬州人的茶馆文化等当然是优美的扬州版"清明上河图"的一分子，并且在朱自清的文字当中成为文字的图画，但除此之外，朱自清还以悲悯的人道主义，描写了二三十年代扬州女人的生活处境，她们生活在封建礼教、社会风俗的重压之下，被剥削、被压迫、被摧残。朱自清的诸多散文都以生活中所见的真实事件为原型，甚至以第一人称的描写手法加强所记人物与读者、作者的共感。例如《笑的历史》便以妻子武仲谦为原型，叙说了封建礼教使一个女人由爱笑到不笑的历史变迁。第一人称的叙述，使得作者对于"我"的心理变化的描述十分深刻到位。当读者看到主人公的笑成了"老毛病"时，内心不免有些心酸。此外，也有诸多关于扬州妇女命运的散文，《择偶记》所书写的是

"父母之命，媒妁之言"的封建风俗；《阿河》则描述了城郊一个民间女子像商品一样被卖来卖去的悲惨故事。这些对扬州妇女悲惨命运的记述，发人深思，也表现了朱自清对周围人事的关注与深刻的思考。

【经典品读】

### 《笑的历史》（朱自清）选段

你问我现在为什么不爱笑了，我现在怎样笑得起来呢？

我幼小时候是很会笑的。娘说我很早就会笑了。她说不论有人引逗，无人引逗，我总常要笑的，她只有我一个女儿，很宠爱我，最欢喜看我笑。她说笑像一朵小白花，开在我的脸上；看了真是受用。她甚至只听了我的格格的笑声，也就受用了。她生性怕雷电。但只要我笑了，她便不怕了。她有时受了爸爸的委屈，气得哭了。我笑了，她却就罢了。她在担心着缺柴缺米的日子，她真急得要寻死了。但她说看了我的笑，又怎样忍心死呢？那些时我每笑总必前仰后合的，好一会才得止住。娘说我是有福的孩子，便因为我笑得容易而且长久。但是，但是爸爸的意见如何呢？你该要问了。他自然不能和母亲一样。然而无论如何，也有些儿和她同好的。不然，她每回和他拌嘴以后，为甚么总叫我去和他说笑，使他消消气呢？还有，小五那日在厨房里花琅琅打碎两只红花碗的时候，他忙忙的叫郭妈妈带我到爸爸面前说笑。他说，"小姐在那里，我就可以不挨骂了。"这又为什么呢？那时我家好像严寒的冬天，我便像一个太阳。所以虽是十分艰窘，大家还能够快快活活的过日子。这样直到十三岁。那年上，娘可怜，死了！郭妈妈却来管家了！我常常想起娘在的时候，暗中难过；便不像往日起劲的笑了。又过了三四年，她们告诉我，姑娘人家要斯文些，笑是没规矩的。小户人家的女儿，才到处哈哈哈哈的笑呢！我晓得了这番道理，不由的又要小心，因此忍了许多笑。可是忍不住的时候，究竟有的；那时我便仍不免前仰后合的大笑一番。他们说这是改不掉的老病了！我初到你家，你们不也说我爱笑么？那正是"老毛病"了。

............

自从公公那回交卸以后，家里各人的样子，便大不同了。——我刚才不是和你说过么？婆婆已经不像从前客气。她不知听了谁的话，总防着我爬到她头上去。所以常常和我讲究做媳妇的规矩，又一心一意的要向我摆出婆婆的架子。更加家境不好,她成天的没好心思,便要寻是生非的发脾气。碰着谁就是谁。我这下辈人,又是外姓人,自然更倒霉了!她那时常要挑剔我!她虽不明明的骂我,但摆着冷脸子给你看,冷言冷语的讥嘲你,又背地里和佣人们议论你,就尽够你受了!姨娘呢,虽不曾和我怎样,但暗中挑拨着婆婆,也甚是利害!你想,我怎能不郁郁的!——只有公公还好,算不曾变了样子。我刚才不说过那时简直不大会笑么?你想,愁都愁不过来,又怎样会笑呢?

【我来品说】

1. 朱自清与他的故乡扬州有哪些具体联系?他对故乡有什么样的复杂情感?这对他后来的生活产生了什么影响?

2. 你的故乡在哪里?你的故乡对你产生了什么样的影响呢?

# 第二章 《雪朝》：新诗成熟的踪迹

**导读**

朱自清因写得一手漂亮、精巧的散文，在中国现代文学史上占据着重要地位，但很多人都并不了解他实际上是以写诗起家的。在"五四"新诗坛上，朱自清绝非最早的开拓者，却因其积极的探索、非凡的才情、伟岸的人格与济世的情怀，在中国白话新诗发轫之际做出了独特且卓越的贡献，为文坛带来一番全新气象。本章将带领大家一同走进朱自清先生所构筑的诗歌世界，在领略其笔下的诗韵与诗情的同时，以新诗集《雪朝》为窗口，深入了解现代新诗逐步成熟的踪迹。

# 第二章 《雪朝》：新诗成熟的踪迹

1922年6月，商务印书馆出版了朱自清、周作人、俞平伯、徐玉诺、郭绍虞、叶绍钧、刘延陵和郑振铎8人的诗歌合集《雪朝》。《雪朝》作为继新诗运动以来最早的诗刊——《诗》月刊创刊以后出版的新诗集，汇聚着白话新诗发展初期极为重要的创作成果。而朱自清作为"《雪朝》诗人群"的代表，其诗作曾被郑振铎称赞为"远远超过《尝试集》里的任何最好的一首"①。若以今天的眼光来看，朱自清在《雪朝》中的诗歌肯定存有很多不足与略显稚嫩之处，但若置身于"五四"新文化运动的历史浪潮中，以当时的眼光看，《雪朝》中所收录的19首朱自清的诗作则无疑是中国现代新诗史上颇具分量的杰作。朱自清自由灵动而又饱含深情与哲思的诗歌，为"五四"时期的诗坛吹来一股清新自然的春风，抚慰着处于彷徨期的人民与祖国。

---

① 郑振铎.五四以来文学上的论争//蔡元培.中国新文学大系导论集.上海：上海三联书店，2014：73.

## "打破形式上的束缚"

郑振铎在为《雪朝》所作的短序中说道："诗歌的声韵格律及其他种种形式上的束缚,我们要一概打破。"[①]对诗歌形式的不懈探索与大胆革新,成为肩负启蒙使命的诗人群体的共同追求。而朱自清对此更是有着深切的体会,他通过自身的创作实践,传递着他对诗歌本质的再认识与再创造。在《雪朝》诗集中,朱自清所作的19首新诗,无论从诗歌语言的表达上,还是从诗句的长短与诗节的排布上,无处不体现着打破形式束缚的原则。更为难能可贵的是,朱自清等人的新诗创作并没有以单纯地颠覆旧诗为目的,而是有选择地汲取"有韵之诗"在情致与意境上的优长,在此基础上,再发扬新诗的自由精神,将外国诗潮的精髓本土化。在对外国诗歌借鉴的过程中,周作人对日本俳句的引进传播、郑振铎对印度诗人泰戈尔的评介,以及刘延陵对法国、美国、俄国等西方国家诗人的介绍,为朱自

---

① 郑振铎.雪朝·短序//陈绍伟.中国新诗集序跋选(1918—1949).长沙:湖南文艺出版社,1986:69.

清等这批新诗创作者提供了新鲜、丰沛的异域营养,为中国新诗走向多样化提供了开阔的视阈与全新的途径。新文化的提倡者与践行者之所以伟大,就在于他们始终在宣扬吸收外国优秀文化的同时,不断提醒着自己切勿盲目模仿,要始终在根植中国优秀传统文化的基础上再集百家之长。

《雪朝》书影

这种对本土文化与外来文化的清醒态度,使得朱自清的白话新诗一问世,便展露着不凡的风采。他的第一首新诗《睡吧,小小的人》作于1919年2月29日,正值"五四"前夕,因此,全诗所笼罩的母爱的温馨恰好契合了"五四"时期盛行的对爱与美这一主题的歌颂与倡导。

"睡吧,小小的人。"

## 师者自清
### 今天如何读朱自清

明明的月照着,
微微的风吹着——一阵阵花香,
睡魔和我们靠着。

"睡吧,小小的人。"
你满头的金发蓬蓬地覆着,
你碧绿的双瞳微微地露着,
你呼吸着生命的呼吸。
呀,你浸在月光里了,
光明的孩子,——爱之神!

"睡吧,小小的人。"
夜底光,
花底香,
母底爱,
稳稳地笼罩着你。
你静静地躺在自然底摇篮里,
什么恶魔敢来扰你!

"睡吧,小小的人。"
我们睡吧,

睡在上帝的怀里：
他张开慈爱的两臂，
搂着我们；
他光明的唇，
吻着我们；
我们安心睡吧，
睡在他的怀里。

"睡吧，小小的人。"
明明的月照着，
微微的风吹着——一阵阵花香，
睡魔和我们靠着。①

表面来看，诗人运用的是现代的诗形，但在品读的过程中，我们却能强烈地感受到宋词般的婉约、柔美与娟秀。吴晗在《他们走到了它的反面》一文中曾说，朱自清是"旧中国第一批尝试用语体写新诗的一个拓荒者"。从形式上来看，诗人以"睡吧，小小的人"来引领每小节诗，双引号的使用让本就轻柔的语句更增添了情感的温度，令读者仿佛真实感觉到母

---

① 朱自清.睡吧，小小的人//朱自清全集：第5卷.南京：江苏教育出版社，1996：3-4.

亲在孩子的耳畔温柔地安抚。作为一个敏感而又细腻的诗人、散文家，朱自清善于体察人的情感，也更擅长以最扣人心弦的方式将细微的温暖与动情处妥帖地表露出来。在母亲充满爱意的抚慰声里，作者从描写周围的环境入手，明月、微风、花香——所选取的这些意象本身就足以让人感到美好、舒缓。在诗人精心营造的充满馨香与宁静的夜晚里，金发碧眼的孩子在母亲的臂弯里、在月光的沐浴下，平稳地呼吸着，他呼吸着生命的律动，呼吸着花朵的香。于是，孩子和母亲共同在上帝的庇护下安稳地入睡，不必恐惧恶魔，不必害怕梦魇。在这幅满是自然气息与母爱的《西妇抚儿图》面前，朱自清没有口号式的豪言壮语，也没有构筑恢宏的历史画面，而是在自然的音节中，以絮语般的语言抒发了永恒的爱与美的诗意主题。

《圣母与圣子图》（《西妇抚儿图》）

## 第二章 《雪朝》：新诗成熟的踪迹

新诗的创作过程，是对现代诗歌本质不断进行深刻清醒的认识的过程，这种认识与探索延伸到具体的实践中，最直观地呈现在对诗歌语言与诗歌韵律的把握与锤炼上。在《雪朝》集中，朱自清创作于1921年5月的白话新诗《人间》则鲜明地体现了他在诗歌领域的创作原则与审美追求。

那蓝褂儿，草鞋儿，
赤了腿，敞着胸的朋友
挑副空的箩担来了。
他远远地见着——
见了歧路中彷徨的我；
他亲亲热热地招呼：
"你到那里？"
我意外地听他，
迫切地答他时，
他殷勤地指点我；
他有黑而干燥的面庞，
灰色凝滞的眼光，
和那天然的粗涩的声调。
从这些里，
我接触着他纯白的真心。

但是，我们并不曾相识。

她穿的紫袄儿，

系的黑裙儿，

走在她母亲的后面。

她伶俐的身材，

停匀的脚步，

和那白色的脸儿，

端庄，沉静，又和蔼的，

庄严的脸儿：

在我车子过时，

一闪地都收入我眼底。

那时她用融融的眼波

随意地看我；

我回过头时

她还在看我：——

真的，她再三看我。

从她双眼里，

我接触着她烂漫的真心。

## 第二章
《雪朝》：新诗成熟的踪迹

但是，我们并不曾相识。①

在《新诗的进步》一文中，朱自清曾言："从新诗运动开始就有社会主义倾向的诗。"②以对劳苦大众的态度为例，他所说的"社会主义倾向的诗"，不同于旧诗中所抒发的对底层者的悲悯与同情，而是转变为对劳动人民美好品德的发掘与歌颂，是朴素而真实地表现人性的淳朴美，从而传递出属于"五四"时期的昂扬精神。

在主题上，《人间》无疑是进步的、美好的，完美贴合了时任北大校长蔡元培先生所提倡的"劳工神圣"。除了思想主题上的现代化，《人间》更值得注意的是形式上的大胆创新。整首诗几乎分为完全独立的两段，"那蓝褂儿，草鞋儿"指代的是一位吃苦耐劳、善良而又直率的庄稼人，"穿的紫袄儿"指代的是一位与作者有着微妙眼神交流的女子。纵观全诗，它既没有段与段、行与行之间的"均齐"，也没有统一的韵脚，却做到了"用字的自然和谐"与"语气的自然节奏"，符合外国诗作中所宣扬的"绝对自由诗"特征，而所谓"绝对自由

---

① 朱自清.人间//朱自清全集：第5卷.南京：江苏教育出版社，1996：40-41.

② 朱自清.新诗的进步//朱自清全集：第2卷.南京：江苏教育出版社，1996：320.

诗"正是中国现代白话新诗所追求的理想。

但其实"语气的自然节奏"并不单单通过遣词造句才能体现出来。有时，标点符号的巧妙运用同样可以营造出令人意想不到的情感效果。例如，在"我回过头时/她还在看我：——/真的，她再三看我。"这句诗中，诗人在冒号后紧接着使用了破折号。从汉语标点使用规范上讲，冒号与破折号几乎不会连用，但朱自清的大胆尝试，却传递出女子回眸望向诗人时眼神里的悠长，为读者营造出强烈的现场感与一切尽在不言中的别样情致。因此，标点符号的新鲜搭配，使人在眼前一亮的同时，又能体会到诗人的匠心巧思，从而更好地理解诗人想要表达的情感，产生心灵上的共鸣。

同代学者对外国诗歌的译介，使朱自清的新诗创作自觉地受到外国诗潮的影响。在《杂诗三首》的序言中，朱自清提到了三篇短诗的创作动机。他在之前读周作人先生《日本的诗歌》一文时，便对日本短歌颇为喜爱，很想仿作一首，但因为种种人事牵绊，这一想法便被搁置一边，并未付诸行动。读了俞平伯所作的短诗，朱自清当初创作的欲望又被勾起，于是便有了《杂诗三首》。

一

风沙卷了，

## 第二章 《雪朝》：新诗成熟的踪迹

先驱者远了！

二

昙花开到眼前时，
便向她蝉翼般影子里，
将忧愁葬了。

三

无力——还在家里吧；
满街是诅咒呵！①

1921年，周作人在《小说月报》上撰文《日本的诗歌》，随后又陆续发表过《一茶的诗》《论小诗》《石川啄木短歌》《日本的小诗》等多篇介绍日本短歌和俳句的文章。启明先生对短诗的介绍很具号召力，他说道："情之热烈深切者，如恋爱的苦甜，离合生死的悲喜，自然可以造成种种的长篇巨制，但是我们日常的生活里，充满着没有这样迫切而也一样真实的感情；他们忽然而起，忽然而灭，不能长久持续，结成一块文艺的精华，然而足以代表我们这刹那的内生活的变迁，在或一

---

① 朱自清.杂诗三首//朱自清全集：第5卷.南京：江苏教育出版社，1996：54.

意义上这倒是我们的真的生活。……我们固然不能用了轻快短促的句调写庄重的情思,也不能将简洁含蓄的意思拉成一篇长歌。"①那么,为了满足创作主体"写一地的景色,一时的情调"的需要,俳句式的小诗便最恰当不过了。朱自清的三首杂诗,短小精悍,却不流于表面,因为从"《雪朝》诗人群"的主张来看,他们之所以被"小诗"所吸引,主要是这种简单经济的诗形更便于题材的表达,仿佛绘画中的速写,以简洁清晰的手法传递出片刻的情思,捕捉一闪而过的诗性。但我们还应注意到,这种玲珑别致的诗形恰好完成了对旧体诗的反拨,因为它"用字不多,所以务求简洁精练,容不下故典词藻夹在中间"②,更易被理解,更贴近生活,所以极大地促进了新诗的发展。以朱自清《杂诗三首》为代表的小诗,以短小明快的体裁和简练集中的题材,为诗坛带来新鲜的空气,迈出了新诗发展史上重要的一步。

**【经典品读】**

### 《杂诗三首·序》(朱自清)

上月二十三日接平伯自杭州来信,说他自创新体,作

---

① 周作人.自己的园地之十三·论小诗.晨报副刊,1922-06-21、22.
② 周作人.日本的诗歌.小说月报,1921,12(5).

短诗,并附寄《忆游杂诗》一篇十四首。我很欢喜这种短诗。从前读周启明先生《日本的诗歌》文,便已羡慕日本底短歌;当时颇想仿作一回,却因人事牵率,将那心思搁置了。现在读了平伯所作,不禁又怦然动念;于是就诌了这三首。

我欢喜这种短诗,因为他能将题材表现得更精彩些,更经济些。周先生论日本底短歌,说:"但他虽不适于叙事,若要描写一地的景色,一时的情调,却很擅长。"我们主张短诗,正是这个意思;并且也为图普遍起见。——因为短诗简单隽永,平易近人。可是中国字都是单音;在简短的诗形里,要有啴缓和美的节奏,很不易办。往往音节太迫促了,不能引起深沉的思念,便教人读着不像一首已完的诗;如"满城风雨近重阳"之类,意境原可以算完成了,但节奏太急,便像有些站不住似的;所以终于只能算是长诗底一部分,不成功一首独立的诗。不过我们说的短诗,并不像日本底短歌、俳句等,要限音数和节数;这里还有些自由伸缩底馀地。——要创造短歌、俳句等一类东西,自然是办不到;若说在我们原有诗形外,另作出一种短的诗形,那也许可能罢。这全靠现在诗坛底努力了。至于我这三首,原是尝试之作,既不能啴缓和美,也未必平易近人；那是关于我的无力，要请读者谅解的了。

所谓短诗底"短"，正和短篇小说底"短"一样；行数底少固然是一个不可缺的元素，而主要的元素，却在平伯所谓"集中"；不能集中的，虽短，还不成诗。所谓"集中"，包括意境和音节说。——谈到短诗底意境，如前所引周先生底话，自然是"一地的景色"或"一时的情调"。因而短诗底能事也有写景、抒情两种；而抒情为难。正如平伯给我的另一信说："……因短诗所表现的，只有中心的一点。但这一点从千头万绪中间挑选出来，真是极不容易。读者或以为一两句耳，何难之有；而不知神思之来，偏不难于千百句而难于二句。……做写景短诗，我已颇觉其选择之难，抒情恐尤难矣；因景尚易把捉，情则尤迷离惝恍也。"

三首短诗，却有这样长的序，未免所谓"像座比石像还大"；可是因为初次发表，有解释底必要，所以终于累累赘赘地说了。

第二章
《雪朝》：新诗成熟的踪迹

## "我们要求质朴"

在《雪朝》诗集的短序中，郑振铎曾言："我们要求'质朴'，只是把我们心里所感到的坦白无饰地表现出来，雕斫与粉饰不过是'虚伪'的遁逃所，与'真率'的残害者。"[①]可以说，郑振铎的这番话代表了新文化运动的倡导者与践行者最强有力的呼声。他们不仅是呼唤表达形式的自由、多样，即从旧镣铐里解放出来，纵情地舞蹈着，更渴求着对内心深处情感的真实袒露，对世界给予自我的感受以诚挚的回馈。但坦白无饰的表达并不意味着毫无节制的自我言说，而是竭力寻找一切感触的意义与归宿，只有这样的"朴实"才能直击人心，引领大众走上精神启蒙的道路。

如何才能将炙热的情感诚挚地表达出来，同时又体现现代文化的现代精神呢？或许朱自清在他的新诗创作中已经做出了较为出色的示范。1920年1月，朱自清于北京创作了这首意义不凡的诗歌《煤》：

---

[①] 郑振铎.《雪朝》短序//雪朝.上海：商务印书馆，1922.

你在地下睡着,

好腌臜,黑暗!

看着的人

怎样的憎你,怕你!

他们说:

"谁也不要靠近他呵!……"

一会你在火园中跳舞起来,

黑裸裸的身材里,

一阵阵透出赤和热;

啊!全是赤和热了,

美丽而光明!

他们忘记刚才的事,

都大张着笑口,

唱赞美你的歌;

又颠簸身子,

凑合你跳舞的节。①

---

① 朱自清. 煤 // 朱自清全集:第5卷. 南京:江苏教育出版社,1996:12.

《煤》是一首典型的咏物抒情诗，诗人选取"煤"这一贴近群众、贴近生活的朴素意象，在真实自然地表达出诚挚情感的同时，又揭示出耐人寻味的生活哲理。全诗在内容上分为三部分：第一部分描写了沉睡在大地深处的煤，"腌臜，黑暗"是人们对它的普遍看法，是片面、单一的浅显认识，人们因此远离煤；在第二部分，诗人表现了煤在火中燃烧的情景，"黑裸裸的身材里"散发出无限的"赤和热"，煤为人们带来温暖、光明与美好；第三部分则展现人们对煤看法的转变，他们用歌声与舞蹈表达对煤的诚挚赞美与热情讴歌，在前后态度的对比中，更凸显了煤的平凡与伟大。朱自清选择"煤"作为表情达意的客观对应物，很巧妙地将他所要表现的二元对立完美地相统一。因为煤本身具有几个对比鲜明的特点：从睡在地下到被掘到地上，从腌臜走向纯洁，从黑暗转变为光明，从冰凉到散发赤热。煤是这些矛盾体的奇妙组合，因此诗人的先贬后扬，就显得如此顺理成章且掷地有声，极富感染力。

【经典品读】

《炉中煤》（郭沫若）

一

啊，我年青的女郎！

我不辜负你的殷勤,

你也不要辜负了我的思量。

我为我心爱的人儿

燃到了这般模样!

二

啊,我年青的女郎!

你该知道了我的前身?

你该不嫌我黑奴卤莽?

要我这黑奴的胸中,

才有火一样的心肠。

三

啊,我年青的女郎!

我想我的前身

原本是有用的栋梁,

我活埋在地底多年,

到今朝才得重见天光。

四

啊,我年青的女郎!

我自从重见天光,

我常常思念我的故乡,

> 我为我心爱的人儿
>
> 燃到了这般模样！

朴实无华的煤，令诗人看到了人民群众的伟大力量。煤好像中国大地上最平凡、最朴素的底层劳动者，他们的双手粗糙、黝黑，却充满着勃发的动感与生命的力度，用全部的热情为祖国毫无保留地奉献着。品读《煤》，我们能强烈地感受到祖国与人民不断更新的时代影像，而这一切都源于朱自清朴素、郑重的创作态度，正是这样高纯度的诚恳，才催生了这首深情的赞歌。

情感的真挚与恳切贯穿于朱自清新诗创作的始终。在新诗《不足之感》中，朱自清带着一如既往的饱满情绪，展现了他高超的表达技巧。

他是太阳，

我像一枝烛光；

他是海，浩浩荡荡的，

我像他的细流；

他是锁着的摩云塔，

我像塔下徘徊者。

他像鸟儿，有美丽的歌声，

在天空里自在飞着；

又像花儿，有鲜艳的颜色，

在乐园里盛开着；

我不曾有什么，

只好暗地里待着了。①

从宏观来看，全诗表达了诗人对光明、博大与自由的向往，而对这种美好品质的追求也可以说是诗人对伟岸人格的爱慕和钦仰。在第一节内容中，诗人将被仰慕者比作太阳、大海与锁着的摩云塔，将自己比作与之相对应的烛光、细流与徘徊者，这种意向的选取除了凸显两者之间强烈的对比外，更蕴藏着另一种角度，即烛光可以融入阳光，细流可以汇入大海，徘徊者只要找到钥匙就可以进入锁着的摩云塔。紧接着，在第二节的内容中，诗人将"他"比作鸟儿与花儿，而"我"并没有延续上一节的喻体对应，只是说"我不曾有什么，只好暗地里待着了"。表面来看，最后一句仿佛是诗人自卑失落之语，而实际上，这种"暗地里待着"却有暗中摸索、暗中努力的意味，从情感层面来讲，有接续上一节所要传递的意蕴，即：微小的个体只要努力，就可以

---

① 朱自清.不足之感//朱自清全集：第5卷.南京：江苏教育出版社，1996：22.

无限接近甚至成就心中向往的博大。

《不足之感》曲折地映射着朱自清从对未来的满腔热情到彷徨失措、徘徊自省，再到重拾信心、脚踏实地的心路历程，记录着他一生思想意识的转变过程。"不足"既是朱自清的心结与痛点，更是鞭策他不断前行的驱动力。这种不甘落后、积极进取的昂扬精神，成为"五四"时期新青年们最鲜明的时代特征，感召着无数仁人志士奋勇向前。

从《煤》到《不足之感》，题材的质朴与情感的真实成为朱自清一以贯之的创作风格，他以真率之眼深入生活的肌理。高度的敏感和与生俱来的悲悯情怀，使朱自清对人民群众有着天然的亲近感，这种难能可贵的同理心令他愿意俯下身来，倾听底层人民的悲欢与心酸，并在字里行间流露出人间真切的善恶美丑与人情冷暖。创作于1921年12月22日的《星火》，集中表现了朱自清对普通百姓所遭遇的生活疾苦发自内心的同情与哀怜：

"在你靡来这四五个月，
我老子死了，
娘也没了；
只剩我独自一个了！"
卖酥饺儿的

## 师者自清
今|天|如|何|读|朱|自|清

那十八九岁的小子,
在我这回重见他时,
质朴而恳挚地向我说。
这教我从来看兄弟们作蓦生人的
惊讶,也羞惭;
终于悲哀着感谢了。

回头四五个月前,
一元钱的买卖
结识了他和我。
他尽殷殷的,
我只冷冷的;
差别的心思
分开了我们俩,
从手交手的当儿。
我未曾想着,
谁也该忘了吧。
却不道三两番颠沛流离以后,
还有这密密深深的声口,
于他刹那的朋友!
我的光荣呵;

我若有光荣呵!

记得那日来时,
油镬里煎着饺儿的,
还有那慈祥而憔悴的妇人;
许就是他的娘了。
一个平平常常的妇人,
能有些什么,
于这漠漠然的我!
况她已和时光远了呢?
可是——真有点奇呵,
那温厚的容颜,
骤然涌现于我矇眬的双眼!
在肩摩踵接的大街中,
我依依然有所思了;
茫茫然有所失了!
我的悲哀———
虽然是天鹅绒样的悲哀呵! ①

---

① 朱自清.星火 // 朱自清全集:第5卷.南京:江苏教育出版社,1996:64-65.

从对日常生活中平凡事物的创造性体悟，到对自我内心的深刻省察，朱自清这次转而将目光投向社会底层的小人物——一个卖酥饺儿的、十八九岁的小伙子。诗人得知，在短短的四五个月，这位年轻人失去了双亲。他质朴而恳挚的语气令诗人惊讶、羞愧：惊讶于他悲惨的遭遇，羞愧于自己曾经对这位陌生人及家人的冷漠。在内疚感的驱使下，诗人开始回忆他与这位青年的交往，诗中写道"他尽殷殷的，我只冷冷的"。那时，诗人只把这位小伙子当作一个生活中并不会有往来的陌生人，唯一的交集就是从他那里买来酥饺儿，因此，诗人认为并不值得投入太多的情感。但对于卖酥饺的年轻人来说，他已经把"我"当作一位熟客、一位"亲切的陌生人"，所以才将自己生活中的巨大变故讲与"我"听。双方对这段人际关系的差别对待，深深触动了诗人的内心。他顺着模糊的记忆仔细回忆着青年的母亲——一位慈祥而憔悴的妇人。在"我"那颗曾经冷漠的心里，这只是一位平淡无奇的普通妇人，但小伙子诚恳的叙述与天人永隔的现实，让"我"记起了这位母亲"温厚的容颜"，这朦胧的记忆让"我"在肩摩踵接的街道上开始深思，又怅然若失。卖酥饺儿的小伙子代表的是社会边缘人，他们的声音常被淹没在强权与精英阶层之下，但这并不代表他们失掉了表达悲喜的权利，并不代表他们的感受与遭际就可以因地位的低下而被忽视。当诗人意识到这点时，他深觉自己的悲哀，这悲哀为弱者的命运，更为更多像自己这样冷漠的心灵。虽然这份悲哀在诗人的眼中如"天鹅绒"——轻薄、毫无生命的沉重，但这份从心底生长出的"悲哀"在当时的社会已实属难得。诗名叫《星火》，既是对广大底层劳动者的比喻，同时又象征着一点因同情而起的"悲哀"所能为这个社会带来的星火般的温暖。

**【经典品读】**

### 新诗《小舱中的现代》（朱自清）

"洋糖百合稀饭，

三个铜板一碗，

那个吃的？"

"竹耳扒，破费你老人家一个板；

只当空手要的！"

"吃面吧，那个吃饺面吧？"

"潮糕要吧？开船早哩！"

"行好的大先生，你可怜可怜我们娘儿俩啵——

肚子饿了好两天罗！"

"梨子，一角钱五个，不甜不要钱！"

"到扬州住那一家？

照顾我们吧；

有小房间，二角八分一天！"

"看份报消消遣？"

"花生，高粱酒吧？"

"铜锁要把？带一把家去送送人！"

"郭郭郭郭"，一叠春画儿闪过我的眼前；

卖者眼里的声音，"要吧！"

"快开头了，贱卖啦。

梨子，一角钱八个，那个要哩？"

拥拥挤挤堆堆叠叠间，

只剩了尺来宽的道儿；

在溷浊而紧张的空气里，

一个个畸异的人形

憧憧地赶过了——

梯子上下来，

梯子上上去。

上去，上去！

下来，下来！

灰与汗涂着张张黄面孔，

炯炯的有饥饿的眼光；

笑的两颊，

叫的口

检点的手，

更都有着异样的展开的曲线，

显出努来的痕迹；

就像饿了的野兽们本能地想攫着些鲜血和肉一般，

他们也被什么驱迫着似的，

想攫着些黯淡的铜板，白亮的角子！

在他们眼里，

舱里拥挤着的堆叠着的，

正是些铜元和角子！——

只饰着人形罢了，

只饰着人形罢了。

可是他们试试攫取的时候，

人形们也居然反抗了；

于是开始了那一番战斗！

小舱变了战场，

他们变了战士，

我们是被看做了敌人！

从他们的叫嚣里，

我听出杀杀的喊呼；

从他们的顾盼里，

我觉出索索的颤抖；

从他们的招徕里，

我看出他们受伤似地挣扎；

而掠夺的贪婪，

对待的残酷，

隐约在他们间，

也正和在沙场士兵们间一样！

这也是大战了哩。

我，参战的一员，

从小舱的一切里，

这样，这样，

悄然认识了那窒着息似的现代了。

（1922年7月21日，镇江扬州小轮中所感。30日作于扬州。）

# 第三章 《背影》背后的故事

---- 导读 ----

朱自清以散文创作闻名于世。他的写景散文正如叶子上滚动的露珠，晶莹剔透又清新隽永。此外，以《背影》为代表的记事怀人散文，是他最为动人的作品。《背影》这部作品主要是以生活中的父子送别场景为题材，作者以第一人称的方式，将父亲对"我"无微不至的照顾和关爱表现得淋漓尽致。你是否知道《背影》背后的故事，又是否真正理解《背影》的情感描写呢？

# 《背影》背后的父子冲突

《背影》是朱自清最为著名的记事怀人散文,短短千余字道尽了作者与父亲之间的情感。这种情感,不仅仅是我们经常听到的父亲对儿子的爱,实际上包含了更为复杂的情感,而这一切,都要从《背影》背后的父子冲突说起。

1917年的冬天,对于朱家而言,格外寒冷。已经纳了许多个妾的父亲想要再纳一个姨太太,父子二人因此产生了巨大的矛盾。朱自清的家庭是清末十分正统的书香门第,老一辈人还有根深蒂固的封建思想,认为家中的所有事都应该听长辈的,而接受了新思想的朱自清则希望父亲听听自己的意见,两辈人平等交流沟通,新旧思想导致父子二人的矛盾更加激化;更何况,父亲纳妾之事还导致朱自清的母亲被迫离家;父亲借了高利贷,擅自领取朱自清的薪水,此事更导致父亲被撤职,家里花了好些钱才摆平,朱自清的祖母也因此受气离世。父亲的种种行为导致家中发生如此变故,朱自清自然心生芥蒂。祖母的丧事料理完毕,朱自清要返校,父亲要去南京谋差事,这才有了《背影》中父子相别的场景。父亲对于朱自清的关爱并不是建立在父子感情和谐的基础之上,而是建立在两人矛盾激化的基础之上,无怪乎《背影》一开始的情境描写十分惨淡了。

### 《背影》中所描写的衰败家境

那年冬天,祖母死了,父亲的差使也交卸了,正是祸不单行的日子。我从北京到徐州,打算跟着父亲奔丧回家。到徐州见着父亲,看见满院狼藉的东西,又想起祖母,不禁簌簌地流下眼泪。父亲说:"事已如此,不必难过,好在天无绝人之路!"

回家变卖典质,父亲还了亏空;又借钱办了丧事。这些日子,家中光景很是惨淡,一半为了丧事,一半为了父亲赋闲。丧事完毕,父亲要到南京谋事,我也要回北京念书,我们便同行。

这些描写是对真实情境的叙述,是朱自清对过去事情的回忆,他没有大肆抒发自己当时的悲伤,而是在简单质朴的文字叙述中,描写出了家中所遭遇的重大变故,但是,"祸不单行""满院狼藉""簌簌地"等词的运用藏不住这些文字背后哀伤的基调,"一半为了父亲赋闲"则藏不住父子两人间尴尬的关系。可以说,朱自清认为,家中的重大变故、"家中光景很是惨淡",在很大程度上是由于父亲的过错。从《背影》整篇散文来说,这段文字的叙述也与后文所叙述的父亲对儿子深切的关心及儿子对父爱的"幡然醒悟"形成了较为鲜明的对比,也使得父亲对儿子无微不至的关心显得更为动人。

那么,朱自清又是如何真正理解父亲,并描写出如此感人的父子之情的呢?实际上,《背影》不是即兴之作,而是在时间酝酿与积淀中的产物。1925年,在清华大学任教的朱自清收到父亲的来信,信中说:"我身体平安,惟膀子疼痛厉害,举箸提笔,诸多不便,大约大去之期不远矣。"朱自清看后,回忆起八年前祖母丧事之后,与父亲在浦口车站分别的情景,百感交集,悲从中来,完成了《背影》。从1917年到1925年,在车站爬上爬下为自己买橘子的父亲的背影隐约萦绕在朱自清心头,他也在生活的现实中渐渐读懂了父亲。八年间,外出寻职的父亲不仅没有获得任何结果,还病倒外乡被人送回了扬州,长期赋闲。家里经济每况愈下,父亲的身体也没有年轻时强健,如信中所说,有诸多不便。可以说,无论是生理上还是心理上,父亲都承受了巨大的打击。1920年,长女采芷出生,朱自清自己成为了父亲。朱自清原本就是家中的长子,现在又多了一个父亲的角色,自然肩负起了更多沉重的家庭责任,多年来为生活而奔波辛劳。

八年,在收到父亲来信的那一刻,这八年来生活的不易、尴尬而充满平实爱意的父子关系以及多年来经历的家庭社会的变化，全都从朱自清脑海里喷涌而出。这一刻，或许是更早之前的某一刻，或许是初为人父的那一刻，或许是与父亲通信的那一刻，曾经对父亲心怀芥蒂的朱自清释怀了。他在脑海中搜索他和父亲之间的沟通，选取了这个心情最为复杂又最令人感动的片段，写成了《背影》。1928年，散文集《背影》出版，朱自清便把书寄回了扬州，两代人在七八年的时间流逝后，获得了真正的心灵靠近：

  近几年来，父亲和我都是东奔西走，家中光景是一日不如一日。他少年出外谋生，独力支持，做了许多大事。哪知老境却如此颓唐！他触目伤怀，自然情不能自已。情郁于中，自然要发之于外；家庭琐屑便往往触他之怒。他待我渐渐不同往日。但最近两年不见，他终于忘却我的不好，只是惦记着我，惦记着他的儿子。

朱自清懂得了父亲的不容易，懂得了父亲与他之间的关系，懂得了父亲对他的爱，也感慨于父亲的老境颓唐。他是真正懂得了父亲：朱自清的阅历，他的身份，他与父亲的沟通交流，让他懂得了自己的父亲，也让他懂得了什么叫"父亲"。父亲是那个要做许多大事又不会大肆在家中宣扬的人，是那个因为自己是家中的支柱而不能发泄自己的情绪、必须"情郁于中"的人，是那个尽管儿子对自己心怀芥蒂，依然只是惦记着儿子、只是给予儿子无私爱意的人。

"我与父亲不相见已二年余了，我最不能忘记的是他的背影"，这句文章开头的话，让读者们未见朱父其人，先对朱父的背影产生了疑问：分别二年余，为什么只有父亲的背影是最为难忘的呢？儿子与父亲的背影之间有什么特殊的故事呢？其实啊，朱自清脑海中"肥胖的、青布棉袍黑布马褂的背影"是朱自清在火车站记忆点最多的一个意象，他不仅在父亲买橘子时长时间看到了父亲艰难的背影，也目送着父亲的背影进入人群消失不见，并回到座位上流泪，这时的他一定思绪万千，也加深了对父亲背影的记忆。而这个独特的背影啊，不仅承载着父亲对儿子的爱，也在某种程度上承载着家庭的悲苦与温情。

一个家庭总会有无数的坎坷与艰辛，但也总会有家庭的每个成员共同扛起家庭的重担。这个背影不仅是朱父的，也是许多因种种原因逐渐衰败的中国普通家庭的父亲母亲的背影，就算家庭遇到了困难，他们也会给儿女最真诚的、无微不至的爱。《背影》也是新旧文化和思想观念冲突之下，中国式父子关系的一种呈现方式。旧式的"父父子子"观念与新式的父子平等沟通的想法，因为最简单、最质朴的父子情而没有了隔阂，化解了尴尬。《背影》烛照着两代人深沉的思想关系，是一代人望着前代人的足迹。由此来看，《背影》也是中国人家庭伦理的亲情象征，前一辈人的背影（朱自清与朱父间的父子关系）浓缩成了一个民族文化形象，当我们及以后的一代又一代人站在反思和超越的位置时，我们总能感受到文化的深情和情感的承续——温情而厚重。

"背影"逐渐成为父母与子女之间关系的一个重要承载物，就像龙应台曾在她的作品《目送》当中提到的："我慢慢地、慢慢地了解到，所谓父女母子一场，只不过意味着，你和他的缘分就是今生今世不断地在目送他的背影渐行渐远。你站立在小路的这一端，看着他逐渐消失在小路转弯的地方，而且，他用背影默默告诉你：不必追。"[1]这里的背影是父母子女关系的承载物，但又与朱自清的描述有巨大的区别。在这里，背影是父母看向子女的，是父母为培养子女成才，不得不放手让子女离开父母的生活圈子的一种既骄傲又无奈的心情。这也代表了21世纪新一代父母与子女之间的新型关系，述说着新一代背影的故事。

---

[1] 龙应台.目送.桂林：广西师范大学出版社，2014：8.

# 第三章 《背影》背后的故事

## 《背影》中的情感描写

《背影》中的情感描写常被认为是父子情的叙述。确实,《背影》当中的父子情渲染堪称经典,而这样的情感描写之所以可以被称为经典,不是单单一句"无微不至的父亲的爱"就可以概括的,这内里的情感描写十分复杂。

首先,《背影》中的父爱是特别的。《背影》中的父亲,不仅将父爱表达得深沉、隽永,还带有母爱的特质:细腻、琐碎、不厌其烦。从文章中的多个细节,我们可以观察到细腻的父爱。原本说定不送"我"去车站的父亲"再三嘱咐茶房,甚是仔细",最终还是亲自送"我"到车站。父亲一到车站便忙着和脚夫讲价钱、帮"我"拣定座位,将他亲自做的紫毛大衣铺在座位上,又唠叨万分地嘱咐"我"路上该注意的一些小事。而整篇文章最令人感动的部分,便是父亲爬下月台去买橘子的场景。"跳下去又爬上去""两手攀着上面""两脚再向上缩""肥胖的身子向左微倾"等一连串动作的描写,使用了朱自清在散文当中惯用的白描手法,一些细节值得反复推敲:

例如，父亲刚刚拿到橘子之后的小心翼翼、生怕碰坏橘子的样子；又如，父亲将橘子一股脑儿地全部塞在了"我"的皮大衣里。这短短的段落里恰到好处的语言处理给人以特别的感动，不仅是因为文章中提到的"父亲是一个胖子"，可以想象父亲做这些动作有多么艰难，而这些艰难动作的目的又是多么简单——仅仅是为了把那一袋不是儿子必需的、也不一定是儿子特别喜欢的橘子一股脑儿地塞给儿子。更何况，此时的儿子已经20岁了，在那个年代，是一个早该学会照顾自己、承担家庭责任的大人了。父亲却没有在乎这些，只是像照顾小孩子一样，为儿子打点好一切。此外，父亲的细心程度、耐心程度似乎超越了我们对一个父亲的刻板印象，他甚至还会亲自做紫毛大衣，这些特质已经颇带有一位慈爱母亲的色彩了。没有宏伟的结构，仅有这些生活细节的白描刻画，就让我们看到《背影》中的父爱是那么特别，这份爱是沉甸甸的，这份爱是超越我们对一位父亲的认知的，但这份爱又是一位父亲本能的做法，是最简单的、最质朴的，是最为微妙又可爱的生活情趣；在这样一种鲜明的对比当中，这份爱才显得那么独特。

其次，《背影》当中的父爱虽然有许多独特之处，但也带有父亲与儿女相处的普遍形态。在家庭关系当中，母亲一般都是扮演照顾全家人的饮食起居，从生活的细微之处给予儿女爱意的角色；而父亲大都是不拘小节，从大方向上给予子女人生的指引和教导，同时承担家庭责任。朱父也不例外。且不论家庭出现变故的原因，在这个家庭较为困难的时刻，朱父没有垂头丧气，而是告诉儿子"事已如此，不必难过，好在天无绝人之路"。通过前面第一部分的描述，我们可以看到朱自清此时的家境已经到了惨淡、祸不单行的地步，父亲也是赋闲在家，此次坐火车正是为了南下寻找工作。但父亲此时仍旧承担起了一位"钢铁父亲"的角色，在这样艰难的时刻，用短短的一句话安慰了流眼泪的儿子，也是给儿子吃了一颗定心丸：不要难过，生活的困难一定有办法解决，前方一定有路。之所以朱自清无法忘记父亲的背影，大概也有很大一部分原因，是为着父亲的这份沉着淡定，为着父亲守住家庭的责任感。在朱自清的心中，这位从1917年到1925年为家庭生计奔波了八年的父亲，这位将生活的重担压在自己的肩上、仍旧希望儿子能够乐观面对生活的父亲，他的背影一定是伟岸的。

最后，父子情的经典不仅源于对父亲对于儿子的情感的两面刻画，还源于文章中儿子对于父亲情感的细致变化，这一点特别能够引起读者的共鸣。文章中一句"我现在想想，我那时真是太聪明了！"的感叹点出了朱自清八年来的变化与成长，也道出了无数儿女的心声，大概每个人都会对自己年幼时不满父母亲的唠叨、说话不漂亮等嫌弃父母的心情有些许悔意吧，而这句"我那时真是太聪明了"，用"聪明"二字，反讽年幼的儿女不理解父母爱意的自傲心态，十分到位。或许初高中时期的我们，都会因为青春期的叛逆、已经"长大"的"自尊"、源于害怕别人认为自己还是小孩的害羞而拒绝父母的爱，这大概就是朱自清所说的"聪明"吧。我们总是想得太多，却没有照顾到爱我们的父母的感受。朱自清的情感是一点一点变化的，从一开始对父亲的照顾嫌弃、厌烦，到看到父亲买橘子的经典场面，他已经是多次落泪了，因为略显倔强的他也看到了父亲的艰难，也感受到了父亲更加倔强的、执着的爱。但这时的他依旧害怕别人看见他的眼泪，要偷偷拭干眼泪，不对父亲表露出他的感谢之情。直到八年之后，朱自清对父亲的感情才在文章当中抒发出来。或许是两年不见的父亲寄来的那封信，将朱自清这些年所体味到的为人父亲的甘苦、这些年所感受到的父亲真诚质朴的爱，以及这些年一直记着的父亲的"肥胖的、青布棉袍黑布马褂的背影"都凝练为这篇名为《背影》的散文，让朱自清在文章当中表达自己的悔意，表达自己的懊恼，悔于自己的"聪明"让父亲多年前的爱没有早点得到回应，恼于自己没有更多地承担家庭的责任，让父亲多年来"独力支持，做了许多大事"；也让朱自清在文章当中表达自己对父亲的爱意、对父亲的思念，让这个大男人流下了泪水，又感慨"不知何时再能与他相见"。

从嫌弃、不耐烦到有所感知却没有回应，再到最终的真挚抒发、热切思念，朱自清的情感变化轨迹或许也是我们很多人与父母之间的"感情线"，或许这篇文章的经典从根本上源于我们对文字中所描述内容的共情。作为一篇书写父子之情的文章，《背影》的整个情感基调实际上是感伤的，朱自清的懊恼、悔意充斥了整篇文章的叙述，似乎也在告诉我们：为了减少未来的懊恼与悔意，是不是可以早些回应父母的爱呢？

【我来品说】

> 1. 你是否了解朱自清写人记事散文的描写特色？再去读一读《儿女》《给亡妇》《冬天》等朱自清的写人记事文章，进一步品读朱自清的散文描写特色。
> 2. 每一份真挚的情感背后都有动人的故事。或许是亲情，或许是友情，平凡而有味道的情感最为动人。可否回顾你的经历，记录下一份真挚的情感？

# 第四章 四美毕至的《春》与《荷塘月色》

**导读**

一年四季,季节更替,为古今中外的作家提供了不少写作素材。在朱自清的散文中,无论是生机盎然的春天,还是诗情画意的夏天,都有许多优秀的抒情描写。朱自清是如何用笔去描绘他所感受的世界呢?

# 第四章
## 四美毕至的《春》与《荷塘月色》

朱自清不仅是一位杰出的诗人,他的散文创作中也蕴含着丰厚的诗歌素养。他的散文作品中,不只有怀念故人、感情真挚的叙事作品,还有描写细腻、感受真切的抒情作品。从《春》与《荷塘月色》两篇名作中,我们可以体会到朱自清对生活的感受力。

## 生命的静穆美

泰戈尔曾经说过,"生如夏花之绚烂,死如秋叶之静美"。生活是朱自清散文创作最重要的来源,他总是以真心去观察、体验,记录下日常生活中的美好。春天是一年的开始,给人以万物复苏、生机盎然的体验。这种体验通过朱自清的笔端,则变得更为生动和令人欣喜。1933年,朱自清发表了散文《春》,这篇短短数百字的文章极其生动地描绘出春天给人带来的希望和感动。草木繁盛,万物生长,人在自然中的自在活动,构成了一幅和谐的早春图。于清华园写成的名作《荷塘月色》,更是写景抒情的名篇,夏日荷塘似乎成为水木清华的另一张名片。这两篇文章长期被选入中小学语文教材中,始终被视作散文描写的范本。朱自清同时也是一位优秀的诗人,他在散文创作中不自觉地将诗的笔法化用其中,充满写意精神,情感的圆融与高超的写作技巧融合在一起,我们可从中体会到生命带给我们的欣喜和期待。朱自清所生活的年代,正是中国新民主主义革命时期;尽管处在当时动乱不安、风雨飘摇的年

## 第四章
四美毕至的《春》与《荷塘月色》

代,朱自清的抒情作品却没有太多体现时代阴冷之气的细节,反而为后世读者贡献出经久不衰的写景名作,这与他本人对生命的感悟力是分不开的。

"盼望着,盼望着,东风来了,春天的脚步近了。"[①]《春》的开篇便为我们描绘出春天在众人的期待下,千呼万唤始出来的画面。寒冬已过,静待春来,等待的过程是充满欣喜的。所幸春天总是如约而至的,尤其是对生活在寒冬凛冽、大雪纷飞环境中的北方人来说,春天带来的生机和希望更令人感动。于是,盼望着,盼望着,春天带着满树繁花骨朵、带着辛勤劳作的小动物、带着老人和孩子欢快的笑脸,终于到来了。

"一切都像刚睡醒的样子,欣欣然张开了眼"[②]。在作者的笔下,春天的到来仿佛是一个睡眼惺忪的孩子带着朦胧和好奇醒过来,也为世界增添了靓丽的色彩。自然万物好像都有自己的责任,等不及那个被需要的时间点,争先恐后地涌出来。在作者的笔下,小草、树木、野花都是有生命的。"天街小雨润如酥,草色遥看近却无。"(韩愈:《早春呈水部张十八员外》)春回大地,触目可及的都是一片一片的绿色。在中外文化环境中,绿色往往都代表着希望。美国作家欧·亨利的短篇小说《最后一片叶子》中,那片被画上去的叶子对于终

---

[①②] 朱自清.春//朱自清全集:第4卷.南京:江苏教育出版社,1996:314.

日卧榻的病人来说，便寄托上了他对生命的渴望。"沾衣欲湿杏花雨，吹面不寒杨柳风。"（志南：《绝句·古木阴中系短篷》）万物生长，桃、杏、李树则争先恐后地在枝头绽放出五颜六色的花骨朵。春天赋予生命生长无限的可能性，正如作者在文中写道：

……风里带来些新翻的泥土的气息，混着青草味，还有各种花的香，都在微微润湿的空气里酝酿。鸟儿将窠巢安在繁花嫩叶当中，高兴起来了，呼朋引伴地卖弄清脆的喉咙，唱出宛转的曲子，与轻风流水应和着。牛背上牧童的短笛，这时候也成天在嘹亮地响。①

在作者的笔下，风带有一种记忆的味道。这个春天过去，等到明年，混合着青草味与花香的风再次拂过你我的耳边，我们便知道，春天再次到来了。"好风凭借力，送我上青云。"（曹雪芹：《临江仙·柳絮》）春天的风吸引了家家户户、老老小小的人们，他们迎着风走出家门，拥抱着春天。老人和孩子往往是一个家庭乃至社会和谐的重要指标，陶渊明在《桃花源记》中便描写了这样一个世外桃源："黄发垂髫，并怡然自

---

① 朱自清.春∥朱自清全集：第4卷.南京：江苏教育出版社，1996：314.

## 第四章
### 四美毕至的《春》与《荷塘月色》

乐"。春天里，不同年龄段的人们都在享受好春光，不禁令我们感叹岁月的美好。

夏天，是宁静的季节，对朱自清来讲，也是一个可以闲庭信步的好季节。《荷塘月色》中的夜晚，作者因自感"心里颇不宁静"，决定出门探寻与白天不一样的光景。此时的朱自清在清华大学任教，家庭美满，事业有成。这个寻常的夜晚，妻子已经在哄着幼儿入睡了。朱自清在享受天伦之乐的同时，也期待着和自己的相处，于是他走出门去。

他走出门去，沿着一条幽僻的小路行进。朦朦胧胧的月光笼罩在漆黑的夜晚，为独处营造出一种幽静的氛围。在这样的夜晚，作者仿佛超脱了平常的自己。他在文中写道，"我爱热闹，也爱冷静；爱群居，也爱独处"[①]。独处的时光是宝贵的，虽然人是天生的群居动物，可是最重要的还是和自己的相处。在荷香月色的优美环境中，作者不禁体会到独处的妙处来了。

铁凝曾经在散文《你在大雾里得意忘形》中描写她雾天出行的特别经历。雾气为行人提供了一种天然屏障，正如她在文中写道：

于是这阻隔、这驾驭、这单对自己的注视就演变出了你的

---

① 朱自清.荷塘月色//朱自清全集：第1卷.南京：江苏教育出版社，1996：70.

得意忘形。你不得不暂时忘掉"站有站相,坐有坐相,走有走相"的人间训诫,你不得不暂时忘掉脸上的怡人表情,你想到的只有走得自在,走得稀奇古怪。

我开始稀奇古怪地走,先走他一个老太太赶集:脚尖向外一撇,脚跟狠狠着地,臀部撅起来;再走他一个老头赶路:双膝一弯,两手一背——老头走路是两条腿的僵硬和平衡;走他一个小姑娘上学:单用一只脚着地转着圈儿走;走他一个秧歌步:胳膊摆起来和肩一样平,进三步退一步,嘴里得念着"呛呛呛,七呛七……"走个跋山涉水,走个时装表演,走个青衣花衫,再走一个肚子疼。推车的,挑担的,背筐的,闲逛的,都走一遍还走什么?何不走个小疯子?舞起双手倒着一阵走,正着一阵走,侧着一阵走,要么装一回记者拍照,只剩下加了速的倒退,退着举起"相机"。最后我决定走个醉鬼。我是武松吧,我是鲁智深吧,我是李白和刘伶吧……原来醉着走才最最飘逸,这富有韧性的飘逸使我终于感动了我自己。[1]

独处的时光是多么珍贵啊,白天的群体生活短暂地被中断,取而代之的是一种自由自在的个体的存活。有多少群星闪耀的思考便是在这样独处的时光中诞生。反观现代社会,快

---

[1] 铁凝.你在大雾里得意忘形//铁凝散文.北京:人民文学出版社,2009:89.

## 第四章
### 四美毕至的《春》与《荷塘月色》

节奏的生活在推着我们每一个人前进，我们一边感叹生活得浮躁，却不愿短暂地停下来，去回溯自己走过的路，甚至连身边的美景都习惯性地忽视。其实，生命的美丽就在不经意的生活片段之中。春天总是如约而至，清华园的荷花也在每个夏天准时绽放，生命的静穆就在四季轮回更替中悄然存活。这也是大自然带给我们的生命启示所在。

【经典品读】

#### 《荷塘月色》（朱自清）选段

这几天心里颇不宁静。今晚在院子里坐着乘凉，忽然想起日日走过的荷塘，在这满月的光里，总该另有一番样子吧。月亮渐渐地升高了，墙外马路上孩子们的欢笑，已经听不见了；妻在屋里拍着闰儿，迷迷糊糊地哼着眠歌。我悄悄地披了大衫，带上门出去。

沿着荷塘，是一条曲折的小煤屑路。这是一条幽僻的路；白天也少人走，夜晚更加寂寞。荷塘四面，长着许多树，蓊蓊郁郁的。路的一旁，是些杨柳，和一些不知道名字的树。没有月光的晚上，这路上阴森森的，有些怕人。今晚却很好，虽然月光也还是淡淡的。

路上只我一个人，背着手踱着。这一片天地好像是我的；我也像超出了平常的自己，到了另一世界里。我爱热闹，也爱冷静；爱群居，也爱独处。像今晚上，一个人在这苍茫的月下，什么都可以想，什么都可以不想，便觉是个自由的人。白天里一定要做的事，一定要说的话，现在都可不理。这是独处的妙处，我且受用这无边的荷香月色好了。

## 第四章
四美毕至的《春》与《荷塘月色》

# 情感的细腻美

《春》与《荷塘月色》这两篇短文不仅是写景抒情的佳作，其中也蕴含着作者丰富的情感。一切景语皆情语，杜甫曾经有感山河破碎，有诗言"感时花溅泪，恨别鸟惊心"；欧阳修曾经作词"泪眼问花花不语，乱红飞过秋千去"。景物描写都带有作者强烈的主观色彩，使得主客观自然地交织在一起，毫无冲突感。

春天似乎总是带来一年中最大的希望，尤其是在以农业经济为主体的古代社会。春回大地，意味着和寒冷漫长的冬季告别。春天也曾经被无数诗人写进他们的作品。孟郊在《登科后》中描写他及第后的扬眉吐气，其活灵活现之状，我们今天的读者似乎也能感受到，"春风得意马蹄疾，一日看尽长安花"。唐代的科举考试常常在秋季举行，然而放榜的季节却是在春天。春天的到来固然会令诗人心情愉悦，长安的花朵竞相开放，一切都是那么生机勃勃，然而诗人此刻的"心花怒放"，怕是任何自然美景都抵不过的。"十年磨一剑，霜刃未曾试"。长安花恐怕也笼罩上了诗人的情感色彩,他此刻春风得意,对他而言这真的是一年中最美好的时节了。

《春》创作于1933年左右,此时朱自清已经回国于清华大学任教,和妻子的婚姻关系也幸福美满,并且喜得贵子。朱自清此时35岁,正值年富力强的时期,就像一年之中的春天,对未来充满着许多期待,其人生可以说是十分顺利。正如《春》文中开头的"盼望着,盼望着",重复且短促的动词生动地将人们翘首以盼春归的热切心情展现出来,作者此时的心理状态就像人们对春天的期待一样,热烈、期盼。

《春》其实是作者创作出的艺术图景。朱自清是扬州人,然而在这篇文章中,我们既找不出"杏花烟雨江南"的江南图景,也找不到北方的春天的任何信息;春天在这里被抽象化了,失去了时间、空间上的束缚,变得更具泛指性的意义。总而言之,春天意味着希望,希望是由作者内心向外迸发出的力量。只要这一点希望存在,哪怕我们处在冰冷的冬天,也一定能够等到春天的来临。回顾当时的时代环境,整个中国并不乐观,历史的进程似乎停滞不前,寻找光明仍然是许多仁人志士的重要责任。1927年之后的朱自清,也一直被这个问题困扰着。1927年,蒋介石发动"四一二"反革命政变,大肆屠杀共产党人,国共合作破裂,社会局势又一次陷入动乱之中;同年朱自清创作的散文《荷塘月色》中,也隐隐地流露出受这种社

## 第四章
四美毕至的《春》与《荷塘月色》

会现实困扰的思绪。

作者在《荷塘月色》的开篇便提到"这几天心里颇不宁静",这也是他决定出门观荷的心理动机。这种不宁静的心情已经达到"十分"的程度了,由此我们可以看出作者的心理状态。虽然作者并未交代这不宁静的原因,我们却可以从文章的行文中处处体会到作者淡淡的隐忧和哀愁。

文中的环境描写是以作者的行踪为线索的。作者先写前往荷塘的那条小路,"沿着荷塘,是一条曲折的小煤屑路。这是一条幽僻的路;白天也少人走,夜晚更加寂寞",这是一条幽僻的路,心思复杂的作者在这样的环境中行走,只怕寂寞的心情也会如影随形。正如柳宗元在《小石潭记》中的描写,"坐潭上,四面竹树环合,寂寥无人,凄神寒骨,悄怆幽邃。以其境过清,不可久居"。环境对人的影响是潜移默化的。接着,作者描写了荷塘的周边环境,"荷塘四面,长着许多树,蓊蓊郁郁的。路的一旁,是些杨柳,和一些不知道名字的树"。淡淡的月光笼罩在这样的植被上面,留下的是斑驳朦胧的影子,如梦一般。作者在这样的夜晚独自一人前往荷塘,自然会产生和白天不一样的情绪。

作者此时产生的情绪在行文中有所体现。第三段中,作者抒发了在这个夜晚的万千感慨。"这一片天地好像是我的;我也像超出了平常的自己,到了另一个世界里。"然而这些想法也不过是"好像"而已，一切不过是作者的聊以自慰。虚幻的想象在现实面前实在是不堪一击，然而作者却显得十分惬意，他说"我且受用这无边的荷香月色好了"。"且受用"三字，生动地表现出作者当时的心理状态，即使是在这短暂的一瞬间，他也产生了惬意享受的感觉，足以见得这方小小的天地对他来说是多么难得。

朱自清具有非常深厚的古典文学修养，他的散文中也体现了古代散文的艺术追求，即讲究"文眼"。在《荷塘月色》中，我们沿着作者的行踪感受到小路的"静"、月夜的"静"——这些都是为了衬托出作者心里的不宁静（这是文章开头所点出的）。在文章的后半段，作者联想到南朝《采莲赋》和《西洲曲》中的嬉戏场景，最后含蓄地揭示出"不宁静"的原因，即"这令我到底惦着江南了"，含蓄蕴藉，余味无穷。

散文讲究"形散而神不散"的艺术构思，看似毫无章法逻辑，其实需要作者高超的文字能力。朱自清就具备了这种高超的文字能力。另外，朱自清的散文几十年来在教科书中占有一席之地，被誉为现代散文的范本，这与他的观察方式也密切相关。世界上不是缺少美，而是缺少对美的感受力。朱自清就十分擅长从寻常的事物出发，产生对生活的思考，这种思考经过他的艺术构思，演绎出一篇篇优美的文章。好的作品是能感动

# 第四章
## 四美毕至的《春》与《荷塘月色》

不同时代的读者的,朱自清的作品就是这样,这也是我们今天重读朱自清的启示所在。

【经典品读】

### 《匆匆》(朱自清)

燕子去了,有再来的时候;杨柳枯了,有再青的时候;桃花谢了,有再开的时候。但是,聪明的,你告诉我,我们的日子为什么一去不复返呢?——是有人偷了他们罢:那是谁?又藏在何处呢?是他们自己逃走了罢:如今又到了哪里呢?

我不知道他们给了我多少日子,但我的手确乎是渐渐空虚了。在默默里算着,八千多日子已经从我手中溜去;像针尖上一滴水滴在大海里,我的日子滴在时间的流里,没有声音,也没有影子。我不禁头涔涔而泪潸潸了。

去的尽管去了,来的尽管来着;去来的中间,又怎样地匆匆呢?早上我起来的时候,小屋里射进两三方斜斜的太阳。太阳他有脚啊,轻轻悄悄地挪移了;我也茫茫然跟着旋转。于是——洗手的时候,日子从水盆里过去;吃饭的时候,日子从饭碗里过去;默默时,便从凝然的双眼前过去。我觉察他去的匆匆了,伸出手遮挽时,他又从遮挽着的手边过去。天黑时,我躺在床上,他便伶伶俐俐地从我身上跨过,从我脚边飞去了。等我睁开眼和太阳再见,这算又溜走了一日。我掩着面叹息。但是新来的日子的影儿又开始在叹息里闪过了。

在逃去如飞的日子里,在千门万户的世界里的我能做些什么呢?只有徘徊罢了,只有匆匆罢了;在八千多日的匆匆里,除徘徊外,又剩些什么呢?过去的日子如轻烟,被微风吹散了,如薄雾,被初阳蒸融了;我留着些什么痕迹呢?我何曾留着像游丝样的痕迹呢?我赤裸裸来到这世界,转眼间也将赤裸裸的回去罢?但不能平的,为什么偏要白白走这一遭啊?

你聪明的,告诉我,我们的日子为什么一去不复返呢?

# 描写的形象美

吴周文先生曾说:"在很多散文中,朱自清惨淡经营诗的意境,将人格美的'情'与自然美的'景'两者交融起来,创造了情与景会、情景交融的艺术境界。这种境界的构思,整个地展现自我人格,以美妙的意象作为人格的外化手段,于是他的笔下,自然美成为自我人格的精神拟态,或象征性的写照;个人特定的情绪、思想,也因自然美的依附,得到了诗意的写照,或者说得到了模糊性的象征。怎样创造这种意境,完成自然美与人格美二者的附丽与连结?对此,朱自清则是继承弘扬以形传神、重在神似的艺术精神这一整体性的审美把握,加上'诗可以怨'的审美理想的制导,生成了风格的隐秀与清逸的色彩。"[①]《春》与《荷塘月色》这两篇散文,不仅仅以展示生命的静穆、情感的细腻打动人,更是通过细致的笔调,将自然美完整地呈现出来;"以形传神,重在神似"八个字,更是形

---

[①] 吴周文. 诗教理想与人格理想的互融——论朱自清散文的美学风格. 文学评论, 1993 (3).

象地概括出朱自清散文描写的独特魅力。

唐代诗人岑参曾经用梨花喻雪,"忽如一夜春风来,千树万树梨花开",其对生活的感受力可见一斑。朱自清在散文《春》中,则为我们描绘了一幅生机盎然的春景图。作者将自然万物拟人化,"山朗润起来了,水涨起来了,太阳的脸红起来了。小草偷偷地从土里钻出来,嫩嫩的,绿绿的",几个动词连续运用,生动地揭示出自然万物野蛮生长的动态。接着,作者描写花草树木的繁荣景象:"桃树、杏树、梨树,你不让我,我不让你,都开满了花赶趟儿。红的像火,粉的像霞,白的像雪。"①红粉白三种颜色的形容极具画面感和冲击力,高饱和度的色彩背后其实是春天生机的释放。短句的运用给阅读带来了一种紧促感,这种感觉就像是在演绎轻松活泼的钢琴曲,音符的跳动之间传递了一种情绪,其感染力可见一斑。

作者在文中写道,"雨是最寻常的",然而"像牛毛,像花针,像细丝,密密地斜织着,人家屋顶上全笼着一层薄烟"②。春雨总是润物细无声,牛毛、花针、细丝的比喻生动传神地写出了春雨的特点,这样的雨总是令人联想到江南的小

---

① 朱自清.春//朱自清全集:第4卷.南京:江苏教育出版社,1996:314.

② 同①315.

## 第四章
四美毕至的《春》与《荷塘月色》

巷——杏花烟雨江南，那个丁香般的姑娘只怕也是在这样的春雨天气在小巷里徘徊。春天的雨总是带有记忆的感觉，它令我们欣喜，令我们感动。

文章的结尾，作者连续用了三个排比句，"春天像刚落地的娃娃，从头到脚都是新的，它生长着。春天像小姑娘，花枝招展的，笑着，走着。春天像健壮的青年，有铁一般的胳膊和腰脚，领着我们上前去"①。娃娃、小姑娘、青年总是给人带来美好和希望的感觉。正如少壮之时，应当秉烛夜游。作者用这样的比喻描绘他心目中的春天，它有着无限可能的创造力，同时也给人们带来了希望。因此，我们应该不负春天的好时光，应当大有作为地走向新生活。

这种描写的细腻还体现在《荷塘月色》中。荷花是夏天的标志，古代诗人也常常咏荷，比如杨万里"接天莲叶无穷碧，映日荷花别样红"，着重赞美的是西湖的自然风光。周敦颐则看重荷花的自然属性，赋予它高阶的品格："出淤泥而不染，濯清涟而不妖"。在《荷塘月色》这篇现代散文中，朱自清则运用了新奇的比喻，为平常的荷花赋予不平常的姿态描写，带给我们新奇的感觉。

---

① 朱自清.春//朱自清全集：第4卷.南京：江苏教育出版社，1996：315.

荷花

（供图 凌江）

文章的第四段开始对荷塘展开细节描写。首先，作者运用新奇的比喻描写荷叶、荷花。荷叶"出水很高，像亭亭的舞女的裙"[①]，荷花则"正如一粒粒的明珠，又如碧天里的星星，又如刚出浴的美人"[②]，这样的描写充满诗意。作者细致捕捉到荷叶在夏夜随风摇曳姿态的动态美。明珠、星星的比喻，则写出了月夜笼罩下的光影效果。出浴美人的形容可以说是相当大胆了：文章创作于1927年，可想在当时的社会，这样的描写十

---

① 朱自清.荷塘月色//朱自清全集：第1卷.南京：江苏教育出版社，1996：70.

② 同①70—71.

分少见。接着,作者运用通感的写作手法去描写荷花的香气,"微风过处,送来缕缕清香,仿佛远处高楼上渺茫的歌声似的"①。这缕缕清香本不好描述,作者却创造性地将它与歌声联想到一起,正是这种若有若无、隐隐约约的感觉,带给人美好的感受。

朱自清描写月光,更是以细腻取胜。月光本不好描述,但是作者将月光与四周的景物结合在一起,便使得月光产生了明暗变化。作者观察月光笼罩下树的间隙,"树色一例是阴阴的,乍看像一团烟雾;但杨柳的丰姿,便在烟雾里也辨得出。树梢上隐隐约约的是一带远山,只有些大意罢了。树缝里也漏着一两点路灯光,没精打采的,是渴睡人的眼"②。这样精妙的角度,使得原本不容易形容的素材在作者笔下也变得游刃有余起来。

描写是写作的一项重要技巧。朱自清的散文总是从生活入手,信手拈来,看似漫不经心,却极其重视从细处入手加以描写。阅读朱自清的文章,是一种诗情画意的享受,今天的读者也可以从中获得许多有益的写作方法。

---

①② 朱自清.荷塘月色//朱自清全集:第1卷.南京:江苏教育出版社,1996:71.

【我来品说】

### 五个经典的景物描写片段

临河的土场上,太阳渐渐的收了他通黄的光线了。场边靠河的乌桕树叶,干巴巴的才喘过气来,几个花脚蚊子在下面哼着飞舞。面河的农家的烟突里,逐渐减少了炊烟,女人孩子们都在自己门口的土场上泼些水,放下小桌子和矮凳;人知道,这已经是晚饭的时候了。

——鲁迅:《风波》

我回到四叔的书房里时,瓦楞上已经雪白,房里也映得较光明,极分明的显出壁上挂着的朱拓的大"寿"字,陈抟老祖写的,一边的对联已经脱落,松松的卷了放在长桌上,一边的还在,道是"事理通达心气和平"。我又无聊赖的到窗下的案头去一翻,只见一堆似乎未必完全的《康熙字典》,一部《近思录集注》和一部《四书衬》。无论如何,我明天决计要走了。

——鲁迅:《祝福》

要问白洋淀有多少苇地?不知道。每年出多少苇子?

# 第四章
## 四美毕至的《春》与《荷塘月色》

不知道。只晓得，每年芦花飘飞苇叶黄的时候，全淀的芦苇收割，垛起垛来，在白洋淀周围的广场上，就成了一条苇子的长城。女人们，在场里院里编着席。编成了多少席？六月里，淀水涨满，有无数的船只，运输银白雪亮的席子出口，不久，各地的城市村庄，就全有了花纹又密、又精致的席子用了。大家争着买："好席子，白洋淀席！"

——孙犁：《荷花淀》

华大妈跟了他指头看去，眼光便到了前面的坟，这坟上草根还没有全合，露出一块一块的黄土，煞是难看。再往上仔细看时，却不觉也吃一惊；——分明有一圈红白的花，围着那尖圆的坟顶。

——鲁迅：《药》

说着大家来至秦氏房中。刚至房门，便有一股细细的甜香袭人而来。宝玉觉得眼饧骨软，连说"好香！"入房向壁上看时，有唐伯虎画的《海棠春睡图》，两边有宋学士秦太虚写的一副对联，其联云：嫩寒锁梦因春冷，芳气袭人是酒香。案上设着武则天当日镜室中设的宝镜，一边摆着飞燕立着舞过的金盘，盘内盛着安禄山掷过伤了太真乳的木瓜，上面设着寿昌公主于含章殿下卧的榻,悬的是同昌公主制的联珠帐。宝玉含笑连说:"这里好!"秦氏笑道:"我这屋子大约神仙也可以住得了。"说着亲自展开了西子浣过的纱衾,移了红娘抱过的鸳枕。于是众奶母伏侍宝玉卧好。

——曹雪芹:《红楼梦》

1. 以上五个景物描写分别起到了什么作用?
2. 你还读过哪些经典的描写景物的作品?

第四章
四美毕至的《春》与《荷塘月色》

# 语言的音韵美

音韵美是中国古典诗歌的精髓。汉字是表意文字，在以诗歌为文学主流的古代社会，人们将这种对文字的重视发挥到了极致。《毛诗序》中有言，"在心为志，发言为诗。情动于中而形于言，言之不足故嗟叹之，嗟叹不足故咏歌之，咏歌之不足，不知手之舞之、足之蹈之也"。朱自清不仅仅是一位现代散文的优秀创作者，也是诗人，因此他的深厚的古典文学修养体现在创作中，便表现为一种散文语言的音韵美。

《春》与《荷塘月色》二文中，较多地运用了叠字，增强了语言的表达效果。叠字是中国古典诗歌的写作传统，在诗词中运用得相当广泛。李清照在《声声慢·寻寻觅觅》的开篇便写道，"寻寻觅觅，冷冷清清，凄凄惨惨戚戚"，叠字的连续运用恰到好处地描绘出词人当时的心境。散文《春》中，作者描写小草"嫩嫩的""绿绿的"，蜜蜂"嗡嗡地闹着"，雨则是"密密地斜织着"，活灵活现，仿佛场景就在眼前。《荷塘月色》中，作者则使用了大量的名词、形容词、副词叠字。

首先,作者因"心里颇不宁静",决定前往探寻他"日日走过的荷塘"。接着,荷塘的全部景象逐渐映入眼帘,"田田的叶子"出水很高,"像亭亭的舞女的裙";叶子中间的白花则好像"一粒粒的明珠","送来缕缕清香";月光是"静静地",青雾是"薄薄的",云则是"淡淡的"。最后,作者回到家中"轻轻地推门进去",正和文章开头"悄悄地披了大衫,带上门出去"相呼应,轻轻的动作,极其细微地刻画出作者内心不愿惊动家人的想法。

整齐匀称的音节和句式的使用,同样增强了语言的音韵美。古代的律诗将这一格式的运用发挥到了顶峰。散文《春》中,作者描写花"红的像火,粉的像霞,白的像雪",运用寻常景物来描写颜色,句式整齐,画面栩栩如生;雨则"像牛毛,像花针,像细丝",采用三种相似的事物来比作雨,生动地写出了春雨润物细无声的特点。《春》中还多次使用短句,作者描写春天的景象,"坐着,躺着,打两个滚,踢几脚球,赛几趟跑,捉几回迷藏。风轻悄悄的,草软绵绵的"。短句的大量运用使得文章整体风格变得简捷轻快,春天的清新欢快之感也从字里行间中体现出来。《荷塘月色》中也存在这样的句子,作者描写白花"有袅娜地开着的,有羞涩地打着朵儿的;正如一粒粒的明珠,又如碧天里的星星,又如刚出浴的美人"。比喻新奇,音调和谐,荷花的美丽跃然纸上,语言的魅

# 第四章
## 四美毕至的《春》与《荷塘月色》

力可见一斑。

初中课文《最后一课》中，韩麦尔先生说："法国语言是世界上最美的语言，最明白，最精确。"汉字是一种表意文字，方块的组合往往能传达出不同层次的美感。如今，我们已进入读图时代，在视听盛宴的冲击下，我们留给文字阅读的时间越来越少了。文学带给我们的是感受力，能让我们在有限的时间内体会到更多人的生活。今天我们为什么重读朱自清、如何读朱自清，是一个需要重新审视的话题，也是文学经典历久弥新、代代传承的重要原因所在。

【经典品读】

### 《桨声灯影里的秦淮河》（朱自清）选段

秦淮河里的船，比北京万生园，颐和园的船好，比西湖的船好，比扬州瘦西湖的船也好。这几处的船不是觉着笨，就是觉着简陋，局促；都不能引起乘客们的情韵，如秦淮河的船一样。秦淮河的船约略可分为两种：一是大船；一是小船，就是所谓"七板子"。大船舱口阔大，可容二三十人。里面陈设着字画和光洁的红木家具，桌上一律嵌着冰凉的大理石面。窗格雕镂颇细，使人起柔腻之感。窗格里映着红色蓝色的玻璃；玻璃上有精致的花纹，也颇悦人目。"七板子"规模虽不及大船，但那淡蓝色的栏杆，空敞的舱，也足系人情思。而最出色处却在它的舱前。舱前是甲板上的一部，上面有弧形的顶，西边用疏疏的栏杆支着。里面通常放着两张藤的躺椅。躺下，可以谈天，可以望远，可以顾盼两岸的河房。大船上也有这个，但在小船上更觉清隽罢了。舱前的顶下，一律悬着灯彩；灯的多少，明暗，彩苏的精粗，艳晦，是不一的，但好歹总还你一个灯彩。这灯彩实在是最能勾人的东西。夜幕垂垂地下来时，大小船上都点起灯火。从两重玻璃里映出那辐射着的黄黄的散光，反晕出一片朦胧的烟霭；透过这烟霭，在黯黯的水波里，又逗起缕缕的明漪。在这薄霭和微漪里，听着那悠然的间歇的桨声，谁能不被引入他的美梦去呢？只愁梦太多了，这些大小船儿如何载得起呀？我们这时模模糊糊的谈着明末的秦淮河的艳迹，如《桃花扇》及《板桥杂记》里所载的。我们真神往了。我们仿佛亲见那时华灯映水，画舫凌波的光景了。于是我们的船便成了历史的重载了。我们终于恍然秦淮河的船所以雅丽过于他处，而又有奇异的吸引力的，实在是许多历史的影像使然了。

秦淮河的水是碧阴阴的；看起来厚而不腻，或者是

## 第四章
四美毕至的《春》与《荷塘月色》

六朝金粉所凝么?我们初上船的时候,天色还未断黑,那漾漾的柔波是这样恬静,委婉,使我们一面有水阔天空之想,一面又憧憬着纸醉金迷之境了。等到灯火明时,阴阴的变为沉沉了:黯淡的水光,像梦一般;那偶然闪烁着的光芒,就是梦的眼睛了。我们坐在舱前,因了那隆起的顶棚,仿佛总是昂着首向前走着似的;于是飘飘然如御风而行的我们,看着那些自在的湾泊着的船,船里走马灯般的人物,便像是下界一般,迢迢的远了,又像在雾里看花,尽朦朦胧胧的。这时我们已过了利涉桥,望见东关头了。沿路听见断续的歌声:有从沿河的妓楼飘来的,有从河上船里度来的。我们明知那些歌声,只是些因袭的言词,从生涩的歌喉里机械的发出来的;但它们经过了夏夜的微风的吹漾和水波的摇拂,袅娜着到我们耳边的时候,已经不单是她们的歌声,而混着微风和河水的密语了。于是我们不得不被牵惹着,震撼着,相与浮沉于这歌声里了。从东关头转湾,不久就到大中桥。大中桥共有三个桥拱,都很阔大,俨然是三座门儿;使我们觉得我们的船和船里的我们,在桥下过去时,真是太无颜色了。桥砖是深褐色,表明它的历史的长久;但都完好无缺,令人太息于古昔工程的坚美。桥上两旁都是木壁的房子,中间应该有街路?这些房子都破旧了,多年烟熏的迹,遮没了当年的美丽。我想像秦淮河的极盛时,在这样宏阔的桥上,特地盖了房子,必然是髹漆得富富丽丽的;晚间必然是灯火通明的,现在却只剩下一片黑沉沉!但是桥上造着房子,毕竟使我们多少可以想见往日的繁华;这也慰情聊胜无了。过了大中桥,便到了灯月交辉,笙歌彻夜的秦淮河,这才是秦淮河的真面目哩。

# 第五章 《欧游杂记》中的人、景、情、味

**导读**

朱自清的散文朴素洗练、清丽隽永,从《背影》的情真意切,到《春》《荷塘月色》的优美婉转,再到《匆匆》的情理交融,他以诗性之眼体察生活、倾听内心、放眼人间,在言志表意中独运匠心。总体而言,朱自清的散文以抒情为主,兼作指摘时弊之语,但不乏以《欧游杂记》为代表的览胜记游类散文。1931年8月至1932年7月,朱自清留学英国,借此机会漫游欧洲诸国,回国两年后写成《欧游杂记》并于1934年9月由开明书店出版。书中记录了五个国家的名胜古迹、风土人情。就让我们一同走近朱自清笔下的欧洲风光,在领略异域风情的同时,更好地审视、发展本民族的历史文化。

# 第五章
## 《欧游杂记》中的人、景、情、味

赴英留学的一年里，朱自清从法国、德国，再到荷兰、瑞士、意大利。重返故土后，他以回忆的方式写下《欧游杂记》和《伦敦杂记》。其中，《欧游杂记》共收录游记11篇，主要内容包括威尼斯、佛罗伦司*、罗马、滂卑故城、瑞士、荷兰、柏林、德瑞司登、莱茵河、巴黎、西行通讯（附录）。在《欧游杂记》"序"中，朱自清说道："书中各篇以记述景物为主，极少说到自己的地方。这是有意避免的：一则自己外行，何必放言高论；二则这个时代，'身边琐事'说来到底无谓。但这么着又怕干枯板滞——只好由它去吧。"①这表明，作者在记述过程中有意避免过度的主观抒情，而更侧重客观的景物描绘，但整部杂记却没有因这种刻意为之的避让自我而显得呆板凝滞，而是力求通俗自然，还十分注重叙事摹景的生动有趣。因此，《欧游杂记》无论是在语言技巧、行文思路上，还是在模山范水、抒情表意上，都可谓中国现代行旅文学的杰出之作。

---

\* 即佛罗伦萨，此处为朱自清《欧游杂记》中使用的译名，此外还有滂卑故城（庞贝古城）、圣马克方场（圣马可广场）、卑赞廷（拜占庭）、哥龙大教堂（科隆大教堂）、戈昔式（哥特式）、尼罗圆场（尼禄圆形剧场）等，不再一一说明。——编者注

① 朱自清.欧游杂记·序//朱自清全集：第1卷.南京：江苏教育出版社，1996：290.

# 人：逼真传神的人物形象

游历途中，山水风光、名胜古迹自然是人们首要关注的焦点。但一段旅途的真正趣味却不仅仅蕴藏在自然景色与人文景观当中，更蕴藏在那些形形色色的人当中。你们或许擦肩而过，或许有缘交谈。在异质的文化氛围下，观察人物成为了解当地风俗习惯的一种独特且有效的方式。在《欧游杂记》中，朱自清为我们展现了一系列生动多样的人物形象，既有从整体关照一国、一地民众的共同习性，也有从细节入手，捕捉特定环境的特殊群体；既有欧洲异国人，也有本国华人，其中对欧洲人的描写主要通过途中所见以及艺术作品中呈现的人物来进行，对中国人的叙述则采用闪现手法，从而形成中国人与欧洲人的对照。

从整体表现当地人的共同特点的写人方式在《罗马》和《滂卑故城》中体现得最为明显，并且朱自清细腻地捕捉到了两地人共通之处——热衷洗浴。《罗马》中有这样一段描写：

## 第五章
《欧游杂记》中的人、景、情、味

斗狮场南面不远是卡拉卡拉浴场。古罗马人颇讲究洗澡，浴场都造得好，这一所更其华丽。全场用大理石砌成，用嵌石铺地；有壁画，有雕像，用具也不寻常。房子高大，分两层，都用圆拱门，走进去觉得稳稳的；里面金碧辉煌，与壁画雕像相得益彰。居中是大健身房，有喷泉两座。场子占地六英亩，可容一千六百人洗浴。洗浴分冷热水蒸汽三种，各占一所屋子。古罗马人上浴场来，不单是为洗澡；他们可以在这儿商量买卖，和解讼事等等，正和我们上茶店上饭店一般作用。这儿还有好些游艺，他们公余或倦后来洗一个澡，找几个朋友到游艺室去消遣一回，要不然，到客厅去谈谈话，都是很"写意"的。……①

古罗马人对洗澡的热衷，表现在浴场外观上的华丽不凡以及功能上的设施齐全，这种人性化的设计同时得益于浴场的附加功能，即作为商谈议事的绝佳场所，作者在这里将古罗马的浴场同中国的茶楼饭馆相类比，令读者一目了然之余，又在不经意间体现了异质文明的相通之处。而在《滂卑故城》中，作者描写了同古罗马人一样懂享受、会享受的滂卑人民：

滂卑人是会享福的，他们的浴场造得很好。冷热浴蒸气

---

① 朱自清.欧游杂记·罗马//朱自清全集：第1卷.南京：江苏教育出版社，1996：303-304.

浴都有；场中存衣柜，每个浴客一个，他们可以舒舒服服地放心洗澡去。场宽阔高大，墙上和圆顶上满是画。屋顶正中开一个大圆窗子，光从这里下来，雨也从这里下来；但他们不在乎雨，场里面反正是湿的。有一处浴场对门便是饭馆，洗完澡，就上这儿吃点儿喝点儿，真"美"啊。……①

同古罗马人相比，滂卑浴场的屋顶正中开了一个大圆形天窗，滂卑人不介意被雨水淋湿，体现了他们亲近自然的可爱天性。《欧游杂记》中不乏像《罗马》和《滂卑故城》这种表现当地人整体风貌的描写，"荷兰人又有名地会画画""柏林市内市外常看见运动员风的男人女人""巴黎人喝咖啡几乎成了癖，就像我国南方人爱上茶馆"等，均是从大处着眼的表现方式。

多种写作技巧穿插运用，是朱自清散文生动活泼、趣味十足的重要原因。除笼统概括一国一城人的特点，朱自清尤为擅长捕捉细节，发掘人物本身的独特性格，从而呈现了一批有血有肉的生动人物。在《佛罗伦司》一文中，作者特别写到了画院中临摹画像的人：

---

① 朱自清.欧游杂记·滂卑故城//朱自清全集：第1卷.南京：江苏教育出版社，1996：312.

## 第五章

### 《欧游杂记》中的人、景、情、味

两个画院中常看见女人坐在小桌旁用描花笔蘸着粉临摹小画像,这种小画像是将名画临摹在一块长方的或椭圆的小纸上,装在小玻璃框里,作案头清供之用。因为地方太小,只能临摹半身像。这也是西方一种特别的艺术,颇有些历史。看画院的人走过那些小桌子旁,她们往往请你看她们的作品;递给你扩大镜让你看出那是一笔不苟的。每件大约二十元上下。她们特别拉住些太太们,也许太太们更能赏识她们的耐心些。①

临摹小画像的女人们成为画院里的独特风景,她们以此营生,但这种行为本身就是佛罗伦司艺术历史的生动象征,对这类人物的表现正巧妙地表现了这座城市浓郁的文化艺术氛围以及浪漫气息,可谓以小见大。

朱自清除了描写游历过程中真实可感的欧洲人,还在介绍各地画院、博物馆、展览馆的过程中为读者普及著名画家知识,同时又着重表现了风格各异的画中人。这些画中人有永含神秘微笑的蒙娜丽莎,有吹响胜利号角的女神,还有温柔神圣的爱神……在《荷兰》一文中,作者写"《嗅觉》一幅,画一妇人捧着小孩,他正在拉矢。《触觉》一幅更奇,画一妇人坐着,一男人探手入她的衣底;妇人便举起一只鞋,要向他的头

---

① 朱自清.欧游杂记·佛罗伦司//朱自清全集:第1卷.南京:江苏教育出版社,1996:301.

上打下去"①。画中人的动作十分可笑，呼应了作者在前文提及的绘画题材的"亲切有味、滑稽可喜"。另外，在《巴黎》中，作者又介绍了题为《长裤子》的画。画中表现了夜宴前后客厅里衣着各异的男男女女的不同神态："女客全穿短裤子，只有一人穿长的，大家的眼睛都盯着她那长出来的一截儿。她正在和一个男客谈话，似乎不留意。看她的或偏着身子，或偏着头，或操着手，或用手托着腮（表示惊讶），倚在丈夫的肩上，或打着看戏用的放大镜子，都是一副尴尬面孔。穿长裤子的女客在左首，左首共三个人：中央一对夫妇，右首三个女人，疏密向背都恰好；还点缀着些不在这一群里的客人。"②朱自清以白描手法生动描绘出画中人的各种微表情，但所呈现的主题并非典型的幽默滑稽，在此又与荷兰的绘画风格形成了鲜明的对比。

【经典品读】

《房东太太》（朱自清）选段

她爱说话，也会说话，一开口滔滔不绝；押房子，

---

① 朱自清.欧游杂记·荷兰//朱自清全集：第1卷.南京：江苏教育出版社，1996：323.

② 朱自清.欧游杂记·巴黎//朱自清全集：第1卷.南京：江苏教育出版社，1996：359-360.

卖家具等等，都会告诉你。但是只高高兴兴地告诉你，至少也平平淡淡地告诉你，决不垂头丧气，决不唉声叹气。她说话是个趣味，我们听话也是个趣味（在她的话里，她死了的丈夫和儿子都是活的，她的一些住客也是活的）；所以后来虽然听了四个多月，倒并不觉得厌倦。有一回早餐时候，她说有一首诗，忘记是谁的，可以作她的墓铭，诗云：

> 这儿一个可怜的女人，
>
> 她在世永没有住过嘴。
>
> 上帝说她会复活，
>
> 我们希望她永不会。

其实我们倒是希望她会的。

道地的贤妻良母，她是；这里可以看见中国那老味儿。她原是个阔小姐，从小送到比利时受教育，学法文，学钢琴。钢琴大约还熟，法文可生疏了。她说街上如有法国人向她问话，她想起答话的时候，那人怕已经拐了弯儿了。结婚时得着她姑母一大笔遗产；靠着这笔遗产，她支持了这个家庭二十多年。歇卜士先生在剑桥大学毕业，一心想作诗人，成天住在云里雾里。他二十年只在家里待着，偶然教几个学生。他的诗送到剑桥的

> 刊物上去，原稿却寄回了，附着一封客气的信。他又自己花钱印了一小本诗集，封面上注明，希望出版家采纳印行，但是并没有什么回响。太太常劝先生删诗行，譬如说，四行中可以删去三行罢；但是他不肯割爱，于是乎只好敝帚自珍了。

在《欧游杂记》中，朱自清从宏观上把握人物的整体形象，很少对具体的某个人进行大篇幅的细致描写。单独表现特定人物的特定性格则主要体现在另一部行旅游记《伦敦杂记》中，书中的《房东太太》可以说是朱自清所有欧洲游记中唯一一篇专门写人的文章，并且在《伦敦杂记》的《圣诞节》《加尔东尼市场》两篇文章中也都提及了房东太太，朱自清对这位可爱的老者印象深刻，不但表现了她的风趣幽默，更捕捉到了她身上独具的"中国那老味儿"。总而言之，朱自清写人从不仅仅是为了呈现人，而是带着审视一国之文化的眼光去挖掘人物身上的风格特质与独特气质，这正是中国现代散文大师为我们提供的巨大启示。

# 第五章

《欧游杂记》中的人、景、情、味

## 景：自然景观和人文景观

　　朱自清少时喜读游记。《欧洲十一国游记》成为他开阔视野、了解异国的人文地理和风土人情的启蒙读物，《洛阳伽蓝记》中广泛的历史宗教知识以及诸多佛寺令他沉迷留恋，《水经注》中的奇山异水又使他游目畅怀、心驰神往。正是这类内蕴丰厚的游记散文，促使朱自清在记述个人行旅观感时更注重知识性、趣味性与审美性。阅读《欧游杂记》，就是领略精妙绝伦的欧洲异国风光的绝佳途径，作者不但模山范水，以精工之笔尽展异域自然美景，同时又以他深厚的知识储备，为我们介绍了艺术气息浓郁的人文景观。

　　纵观《欧游杂记》全篇，其取材主要以自然景观为主。无论是山川河流，还是不同国家、城市的天气状况，朱自清都做了详细且客观的描述，仿佛一部叙事与抒情兼备的导游图。清新脱俗的文字又使人享受到了前所未有的阅读体验，异国的自然风光在朱自清的笔下仿佛一阵春风，吹拂到每一位读者的心头。

　　《威尼斯》作为《欧游杂记》的首篇，为我们详尽描绘了水城威尼斯的旖旎风光与独特风情。朱自清开篇点出,"威尼斯是个别致的地方",其"别致"之处正在于它不但是"海中的城",更是文化艺术之城。朱自清感受到,威尼斯的灵巧和精致在于它如江南水乡般的温和、洁净,在于它的团花簇锦、温暖明媚,更在于它庄严华妙的雄伟建筑、艺术气息浓郁的画廊和教堂,以及别致的公园和曼妙的夜曲。在描绘这样一座无与伦比的城市时,朱自清并没有使用华丽繁复的辞藻,而是以平实朴素的口语,将威尼斯的素雅娓娓道来:

威尼斯是"海中的城",在意大利半岛的东北角上,是一群小岛,外面一道沙堤隔开亚得利亚海。在圣马克方场的钟楼上看,团花簇锦似的东一块西一块在绿波里荡漾着。远处是水天相接,一片茫茫。这里没有什么煤烟,天空干干净净;在温和的日光中,一切都像透明的。中国人到此,仿佛在江南的水乡;夏初从欧洲北部来的,在这儿还可看见清清楚楚的春天的背影。海水那么绿,那么酽,会带你到梦中去。[1]

作者从威尼斯的地理位置写起,再以俯瞰的视角呈现威尼斯的整体风貌,给人以直观、鲜明的印象。没有煤烟污染的天

---

[1] 朱自清.欧游杂记·威尼斯//朱自清全集:第1卷.南京:江苏教育出版社,1996:292.

# 第五章

《欧游杂记》中的人、景、情、味

空、温和的日光、碧绿的海水……每一处风景都在体现着威尼斯的洁净、清澈。为了使读者能更加真实地感受到威尼斯的韵致，朱自清将这座"海中的城"同中国的江南水乡相类比，于是，我们便能一瞬间体会到它空气中氤氲的朦胧的美感。仔细品读这段文字，朱自清并没有以华丽的笔法对威尼斯进行浓墨重彩的描绘，而只是以现代口语中的日常语句来勾勒它的独特韵味，不仅读来朗朗上口、轻松自然，更令人品味到了朱自清散文一以贯之的疏朗。

[水城] 威尼斯（供图　杜俊红）

在欧洲诸国中，除威尼斯的灵巧外，还有瑞士脱俗非凡的仙境美。在《瑞士》一文中，朱自清着重表现了这个中欧国家令人心驰神往的自然风光。湖、山、谷与山上独特的冰河公园，共同演绎了瑞士的清澈美丽。作者详细描写了卢参湖、交湖、森湖，以细腻而富有节奏感的语言，再配合恰到好处的修辞点缀，完美地展现了湖水的梦幻与朦胧。湖上可看山，山上可观山观谷，作者以全方位的视角，为我们清晰地描摹出瑞士这座"欧洲的公园"不同凡响的神秘与妙趣。

【经典品读】

## 《瑞士》（朱自清）选段

逛山的味道实在比游湖好。瑞士的湖水一例是淡蓝的，真正平得像镜子一样。太阳照着的时候，那水在微风里摇晃着，宛然是西方小姑娘的眼。若遇着阴天或者下小雨，湖上迷迷濛濛的，水天混在一块儿，人如在睡里梦里。也有风大的时候；那时水上便皱起粼粼的细纹，有点像颦眉的西子。可是这些变幻的光景在岸上或山上才能整个儿看见，在湖里倒不能领略许多。况且轮船走得究竟慢些，常觉得看来看去还是湖，不免也腻味。逛山就不同，一会儿看见湖，一会儿不看见；本来湖在左边，不知怎么

> 一转弯,忽然挪到右边了。湖上固然可以看山,山上还可看山,阿尔卑斯有的是重峦叠嶂,怎么看也不会穷。山上不但可以看山,还可以看谷;稀稀疏疏错错落落的房舍,仿佛有鸡鸣犬吠的声音,在山肚里,在山脚下。看风景能够流连低徊固然高雅,但目不暇接地过去,新境界层出不穷,也未尝不淋漓痛快;坐火车逛山便是这个办法。

朱自清的欧洲游记之所以具有永恒的魅力而经久不衰,其重要原因就在于他不只是醉心山水自然,还以他学者的开放视野放眼于所到之处的历史、地理、文化、艺术与宗教等诸方面,以博物馆、教堂、画院为线索,勾连起每个国家、每座城市的人文景观,为我们全方位铺展了一个自然美与艺术美兼备的真实欧洲。

在上文所提及的《威尼斯》一文中,朱自清从自然风光入手,逐渐过渡到它的圣马克方场、公爷府、圣罗珂堂和公园等人文建筑以及它举世闻名的曼妙夜曲。作者之所以选取这些景观进行详细介绍,并不是随机的而无缘由的,而是处处为突出威尼斯的精巧、漂亮服务:

> 圣马克堂是方场的主人,建筑在十一世纪,原是卑赞廷

式，以直线为主。十四世纪加上戈昔式的装饰，如尖拱门等；十七世纪又参入文艺复兴期的装饰，如阑干等。所以庄严华妙，兼而有之；这正是威尼斯人的漂亮劲儿。教堂里屋顶与墙壁上满是碎玻璃嵌成的画，大概是真金色的地，蓝色或红色的圣灵像。这些像做得非常肃穆。教堂的地是用大理石铺的，颜色花样种种不同。在那种空阔阴暗的氛围中，你觉得伟丽，也觉得森严。教堂左右那两溜儿楼房，式样各别，并不对称；钟楼高三百二十二英尺，也偏在一边儿。但这两溜房子都是三层，都有许多拱门，恰与教堂的门面与圆顶相称；又都是白石造成，越衬出教堂的金碧辉煌来。教堂右边是向运河去的路，是一个小方场，本来显得空阔些，钟楼恰好填了这个空子。好像我们戏里大将出场，后面一杆旗子总是偏着取势；这方场中的建筑，节奏其实是和谐不过的。十八世纪意大利卡那来陀（Canaletto）一派画家专画威尼斯的建筑，取材于这方场的很多。德国德莱司敦画院中有几张，真好。①

古典与现代人文色彩交融一体的建筑，正彰显了威尼斯人无处不在的"漂亮劲儿"；教堂里的壁画与地面用材，肃穆庄严又不失伟丽辉煌；空阔的方场与钟楼完美地利用着整个空间

---

① 朱自清.欧游杂记·威尼斯//朱自清全集：第1卷.南京：江苏教育出版社，1996：293.

格局。这是一座和谐的城市,就连建筑都体现着宛如夜曲的动人节奏。

朱自清对人文艺术的深切关注与深入挖掘,表现在《德瑞司登》中,则主要体现在聚焦于堡宫的整体建筑风格、画院、圣母堂以及德瑞司登的瓷器。作者开篇说道,德瑞司登是一座"有一种礼拜日的味道"的静静的城市,这种静谧祥和可以让人从容斯文地走在路上而不必担心被时间追赶,可以让人沉下心来去俯瞰广袤的绿野与望不到尽头的易北河。这个能给你清淡的城市,同样能给你它的玲珑与华美。有着"德国佛罗伦司"之称的德瑞司登,在建筑和藏画方面堪称德国翘楚。无论是有着浓郁巴洛克风格的堡宫,还是以雕刻精巧的舞女裙为特色的瓷器,德瑞司登总能将淡雅与华丽恰如其分地融合在一起,不徐不疾地展现着它厚重的艺术积淀与人文色彩。

【我来品说】

> 1. 你对《欧游杂记》中哪篇游记印象最为深刻?它的自然景观与人文景观有哪些主要特点?
> 2. 《威尼斯》与《德瑞司登》两文中,两座城市的异同是什么?

# 情：情思的渊源与寄托

在《欧游杂记》"序"中，朱自清说道："书中各篇以记述景物为主，极少说到自己的地方。这是有意避免的：一则自己外行，何必放言高论；二则这个时代，'身边琐事'说来到底无谓。"[①]虽然朱自清明确表示在行文中尽量避免自我情思的外露，但在阅读《欧游杂记》的过程中，我们仍能从字里行间体味到他隐约的情思。那么，这种微妙难言的情思究竟是什么呢？只身一人游历异国他乡，虽偶有挚友相伴，但漂泊在外的羁旅之情仍不可避免，因而自然有对故乡、祖国的眷恋思念之情。同时，朱自清在畅游欧洲各国时领略到的异国风情、旖旎风光与异质文化，更让他心生赞叹向往之情，但他并没有止步于空泛的感慨，而是在精神的震荡中反思本国文化的优劣，从而丰厚了整部游记的思想内涵与现实意义。可以说，朱自清在

---

① 朱自清.欧游杂记·序//朱自清全集：第1卷.南京：江苏教育出版社，1996：290.

杂记中所暗藏的层层叠叠的隐秘情思，正彰显了一个现代优秀学者所具有的开放胸襟与世界眼光。

再以《威尼斯》一篇为例。前文提到，朱自清在描写威尼斯的自然风景与人文建筑时着墨颇多，意在表现城市的"漂亮劲儿"，但他还情思细腻地捕捉到，威尼斯的夜曲也正是其玲珑美的别样呈现。文中有这样一段关于夜曲的描绘：

威尼斯的夜曲是很著名的。夜曲本是一种抒情的曲子，夜晚在人家窗下随便唱。可是运河里也有：晚上在圣马克方场的河边上，看见河中有红绿的纸球灯，便是唱夜曲的船。雇了"刚朵拉"摇过去，靠着那个船停下，船在水中间，两边挨次排着"刚朵拉"，在微波里荡着，像是两只翅膀。唱曲的有男有女，围着一张桌子坐，轮到了便站起来唱，旁边有音乐和着。曲词自然是意大利语，意大利的语音据说最纯粹，最清朗。听起来似乎的确斩截些，女人的尤其如此——意大利的歌女是出名的。音乐节奏繁密，声情热烈，想来是最流行的"爵士乐"。在微微摇摆的红绿灯球底下，颤着酽酽的歌喉，运河上一片朦胧的夜也似乎透出玫瑰红的样子。唱完几曲之后，船上有人跨过来，反拿着帽子收钱，多少随意。不愿意听了，还可摇到第二处去。这个略略像当年的秦淮河的光景，但秦淮河却热闹得多。①

圣马克方场旁的运河上，挂着红绿纸球灯的船传出男男女女歌唱夜曲时纯粹清朗的动人歌声。此情此景，令作者不由得联想到了秦淮河的光景。在《桨声灯影里的秦淮河》一文中，朱自清记述了自己同友人俞平伯夏夜泛舟于秦淮河上的见闻感受，其中也写到河上飘来歌声的场景："沿路听见断续的歌声：有从沿河的妓楼飘来的，有从河上船里度来的。我们明知那些歌声，只是些因袭的言词，从生涩的歌喉里机械的发出来的；但它们经了夏夜的微风的吹漾和水波的摇拂，袅娜着到我们耳边的时候，已经不单是她们的歌声，而混着微风和河水的密语了。于是我们不得不被牵惹着，震撼着，相与浮沉于这歌声里了。"②身处威尼斯的朱自清，在听到运河传来的夜曲时最大的感受就是"这个略略像当年的秦淮河的光景，但秦淮河却热闹得多"。只此一句"热闹得多"，便将对故土的思念与眷恋之情展露无遗，他乡虽有他乡的别致美好，但终究难以斩断对故乡的牵挂。

---

① 朱自清. 欧游杂记·威尼斯 // 朱自清全集：第1卷. 南京：江苏教育出版社，1996：294-295.
② 朱自清. 桨声灯影里的秦淮河 // 朱自清全集：第1卷. 南京：江苏教育出版社，1996：8-9.

这种对祖国的热爱之情不仅表现在《欧游杂记》中，同样延伸到后来的《伦敦杂记》里。朱自清在《公园》中描写了公园东南角的塔，介绍这种塔或许正是十八世纪时中国文化流行于欧洲的缩影，是中西文化交流的生动体现；紧接着又写到塔下到人工湖的那段路有一条柏树甬道，但树木过于细瘦，同中山公园内的参天大树相比，倒有些相形见绌。每每品读这段文字，我们不仅能感受到朱自清直言不讳的可爱率真，更体会到他作为中国人对祖国大好河山、秀美植被的热爱与自豪之情。

【经典品读】

### 朱自清《伦敦杂记》中《公园》选段

东南角上一座塔，可不能上；十层，一百五十五尺，造于十八世纪中，那正是中国文化流行欧洲的时候，也许是中国的影响吧。据说还有座小小的孔子庙，但找了半天，没找着。不远儿倒有座彩绘的日本牌坊，所谓"敕使门"的，那却造了不过二十年。从塔下到一个人工的湖有一条柏树甬道，也有森森之意；可惜树太细瘦，比起我们中山公园，真是小巫见大巫了。所谓"竹园"更可怜，又不多，又不大，也不秀，还赶不上西山大悲庵那些。

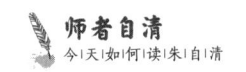

但朱自清的民族自豪感并不等同于民族自大,批判性的眼光使他时常能发掘异国文化的优长,并及时反思本国文化的不足,为我们提供了对待中外文化时应有的正确态度。在《德瑞司登》中,朱自清大加称赞了当地的瓷器:"德瑞司登磁器最著名。大街上有好几家磁器铺。看来看去,只有舞女的裙子做得实在好。裙子都是白色雕空了像纱一样,各色各样的折纹都有,自然不能像真的那样流动,但也难为他们了。中国磁器没有如此精巧的,但有些东西却比较着有韵味。"[1]德国瓷器上的舞女裙精雕细琢,镂空的裙摆仿若薄纱,就连裙上的折纹也能如实地呈现出来——这使得朱自清在反观中国瓷器时主要提到它精巧欠缺的不足,但继而又指出中国瓷器"有些东西却比较着有韵味"[2]。对待两国瓷器的态度只是一个小小的窗口,透过此,我们能鲜明地感受到朱自清既开放包容又不妄自菲薄的文化态度。

---

[1] 朱自清.欧游杂记·德瑞司登//朱自清全集:第1卷.南京:江苏教育出版社,1996:339.引文中的"磁器"应为"瓷器",原文如此,因当时"磁"同"瓷"之故。——编者注

[2] 同[1] 339.

## 德国瓷器

德国瓷器是指德国生产的、带有德国独特风格的瓷器。

德国瓷器主要的产地为梅森市,梅森(又译:迈森)市以瓷器著称,是德国的瓷器之都。梅森瓷器制作精美,款式多样,但价格奇高,素有"瓷中白金"之称。

但说到梅森是如何成为瓷器之都的,则要追溯至18世纪的时候。

在18世纪奥古斯特大帝统治时代,有一炼金术士波格宣称得到炼瓷的秘方。当时,除中国外,没有其他地方出产瓷器。奥古斯特大帝得悉此事,就建立了一所烧瓷厂,并把瓷厂迁至

瓷器中的贵族:梅森瓷器

(供图 Sean Gallup/Getty Images/视觉中国)

阿尔布雷希特斯堡。为了独占秘方,防止烧瓷之秘方流传于民间,瓷厂戒备非常森严。最初的瓷品,设计形象只限于花、鸟、鱼、虫。波格的承继者夏洛特开始以钴蓝作颜料,生产餐具。此后,他们的瓷品逐渐闻名于世,其交叉双剑的标志更给人留下深刻印象。到了1865年,瓷厂迁至柴比茨谷,1918年起正式名为"梅森瓷厂"。时至今日,大家不仅可以到该瓷厂参观,还可加入梅森瓷器之友的搜集会。

## 味：自成一格的艺术韵味

作为中国现代文学史上极为出色的散文家，朱自清先生的每一篇游记都体现着他缜密精巧的运思结构与清新自然的叙述语言。郁达夫在《中国新文学大系·散文二集》导言中说："朱自清虽则是一个诗人，可是他的散文仍能够贮满那一种诗意。"[1]达夫先生所说的诗意，其实正是那看似平淡质朴实则蕴藏着隽永深长之处的艺术韵味。

纵观《欧游杂记》，朱自清在为读者介绍每一个国家、城市时，都尽力变换着观赏次序与视角，力求在谋篇布局上翻新出奇，不至于造成阅读过程中的审美疲劳。实际上，先生这种严肃认真的写作态度是可以追溯其根源的。在《欧游杂记》"序"中，他表示写这些作品"用意是在写些游记给中学生看。在中学教过五年书，这便算是小小的礼物吧"[2]。既然是送

---

[1] 中国新文学大系·散文二集. 上海：上海良友图书印刷公司，1935：18.

[2] 朱自清. 欧游杂记·序 // 朱自清全集：第1卷. 南京：江苏教育出版社，1996：290.

给中学生的读物,他就不能不考虑写什么和如何写的问题。一旦明确读者群体是中学生,就要在行文中注意两个要点:一是要为小读者普及人文地理知识,带领他们领略欧洲异国风光;二是要以自己的文章作为示范,启示学生如何诗意地写作。正因为如此,朱自清在创作时总是抱着极其认真的态度,说是呕心沥血也不足为过。

从宏观上看,《欧游杂记》中的各篇游记主要采取组合式结构。所谓组合,即选取有代表性的局部景观构筑全文,因此,也可以称为以小见大的写作方式。如《佛罗伦司》中描写当地的文物古迹时,就选取了钟楼、教堂、家庙、十字堂以及画院等构筑全文;又如《瑞士》中描写自然风光,主要选取了卢参、冰河公园、立矶山、交湖这几地的风景区。这种细密的写景方式还体现为朱自清在《山野掇拾》中所提及的"拆开来看,拆穿来看"。从字面意思来讲,"拆开来看"即是将描写对象拆分成一个个具体的部分,从细微处窥见全貌。如《莱茵河》中写哥龙大教堂:

……哥龙的大教堂是哥龙的荣耀;单凭这个,哥龙便不死了。这是戈昔式,是世界上最宏大的戈昔式教堂之一。建筑在一二四八年,到一八八零年才全部落成。欧洲教堂往往如此,大约总是钱不够之故。教堂门墙伟丽,尖拱和直棱,特意繁密，又雕了些小花，小动物，和《圣经》人物，零星点缀着；近前细看，其精工真令人惊叹。门墙上两尖塔，高五百十五英尺，直入云霄。戈昔式要的是高而灵巧，让灵魂容易上通于天。这也是月光里看好。淡蓝的天干干净净的，只有两条尖尖的影子映在上面；像是人天仅有的通路，又像是人类祈祷的一双胳膊。森严肃穆，不说一字，抵得千言万语。教堂里非常宽大，顶高一百六十英尺。大石柱一行行的，高的一百四十八英尺，低的也六十英尺，都可合抱；在里面走，就像在大森林里，和世界隔绝。尖塔可以上去，玲珑剔透，有凌云之势。塔下通回廊。廊中向下看教堂里，觉得别人小得可怜，自己高得可怪，真是颠倒梦想。①

从教堂外的门墙到教堂内的大石柱，从高耸入云的塔尖再到塔下的通回廊，作者力图将大教堂内每个精工恢宏的细节都纳入笔下。最令人称奇的是，在这段以局部描写为主的文字中，朱自清又穿插两处"拆穿来看"的写法。一是在写到教堂足足耗时六百多年才建成时，认为原因是钱不够；二是写戈昔式建筑高而灵巧，是为了让灵魂容易通天。这些即兴式的插话虽然可能只是作者的推测或想象，却不无道理，既让人读来觉

---

① 朱自清.欧游杂记·莱茵河//朱自清全集：第1卷.南京：江苏教育出版社，1996：342.

莱茵河畔哥龙（科隆）大教堂夜景

（供图 阵铭逸/视觉中国）

得幽默风趣，又很好地调整了行文节奏，可谓妙笔生花，一举两得。

  《欧游杂记》独特的艺术韵味不仅源于精巧的布局，更少不了通俗自然又意蕴深长的语言加持。叶圣陶在《朱佩弦先生》一文中，曾这样评价朱自清的散文语言："他早期的散文如《匆匆》《荷塘月色》《桨声灯影里的秦淮河》都有点儿做作，过于注重修辞，见得不怎么自然。到了写《欧游杂记》

《伦敦杂记》的时候就不然了,全写口语,从口语中提取有效的表现方式,虽然有时候还带一些文言成分,但是念起来上口,有现代口语的韵味,叫人觉得这是现代人说的话,不是不尴不尬的'白话文'。"[1]可以说,叶圣陶所言的确精准。《欧游杂记》的语言不但平实易懂,而且特别注重语言形式的变换。朱自清坦言:"记述时可也费了一些心在文字上:觉得'是'字句,'有'字句,'在'字句安排最难。显示景物间的关系,短不了这三样句法;可是老用这一套,谁耐烦!再说这三种句子都显示静态,也够沉闷的。于是想方法省略那三个讨厌的字,例如'楼上正中一间大会议厅',可以说'楼上正中是——','楼上有——','——在楼的正中',但我用第一句,盼望给读者整个的印象,或者说更具体的印象。"[2]足可见朱自清在遣词造句上的用心良苦。

在描摹具体景物时,朱自清对语言的精益求精尤为突出。以《瑞士》写冰河公园里的冰河、磨穴与磨石为例:

阿尔卑斯山上积雪老是不化,越堆越多。在底下的渐渐

---

[1] 叶圣陶.朱佩弦先生//张品兴.中国二十世纪散文精品·叶圣陶卷.西安:太白文艺出版社,1996:219.

[2] 朱自清.欧游杂记·序//朱自清全集:第1卷.南京:江苏教育出版社,1996:290.

地结成冰，最底下的一层渐渐地滑下来，顺着山势，往谷里流去。这就是冰河。冰河移动的时候，遇着夏季，便大量地溶化。这样溶化下来的一股大水，力量无穷；石头上一个小缝儿，在一个夏天里，可以让冲成深深的大潭。这个叫磨穴。有时大石块被带进潭里去，出不来，便只在那儿跟着水转。初起有棱角，将潭壁上磨了许多道儿；日子多了，棱角慢慢光了，就成了一个大圆球，还是转着。这个叫磨石。①

写冰河的形成时，作者用到的"滑""冲""转""磨"等动词都是地地道道的日常口语，因而能给人以极为直观、生动的印象，使人更易想象出冰河的动态感。

同时，为了增添所见景象的鲜活感，朱自清也使用了大量的修辞手法。其中，比喻的运用在描写瑞士湖水时最为突出。朱自清将平静的湖水比作平镜，将摇晃的湖水比作姑娘的眼眸，既体现了湖水的静态美，又凸显了在阳光的映射下湖面波光粼粼的动态美与灵动美。面对威尼斯的海水，朱自清又写道："海水那么绿，那么酽，会带你到梦中去。"② "绿"属

---

① 朱自清.欧游杂记·瑞士//朱自清全集：第1卷.南京：江苏教育出版社，1996：316.文中"溶化"一词，今用"融化"，此处保留原文。——编者注

② 朱自清.欧游杂记·威尼斯//朱自清全集：第1卷.南京：江苏教育出版社，1996：292.

于海水实色,"酽"本义指"(汁液)浓;味厚"。在这里,朱自清将汁浓引申为色浓,同样是为了突出海水深绿的颜色;"会带你到梦中去"是他的感性之语,深绿的海水给人以神秘莫测的感觉,人们望着浩瀚无边的海域,心也随之飘向未知的远方,一切都变得如此朦胧,令人沉醉。

【我来品说】

1. 从《欧游杂记》中选你最感兴趣的一篇,说一说它的语言表达与所用的修辞手法。

2. 回顾自己的旅行经历,参照朱自清在《欧游杂记》中的写作方式,写一篇游记。

# 第六章 文学的《标准与尺度》

**导读**

朱自清不仅仅是杰出的诗人和散文家,还写了许多优秀的文学评论。《标准与尺度》一书收集了他在20世纪40年代的一部分评论文章,谈论了许多有关文学、语言的问题。其实,朱自清的文学观念经历了几个变动较大的阶段。朱自清是如何看待文学的标准与尺度的?本章将带你一起探寻。

# 第六章
## 文学的《标准与尺度》

《标准与尺度》的书名取自该书收录的一篇文章。作者在自序中写道:"这本书取名《标准与尺度》,因为书里有一篇《文学的标准与尺度》,而别的文章,不管论文,论事,论人,论书,也都关涉着标准与尺度。但是这里只是讨论一些旧的标准和新的尺度而已,决非自命在立标准,定尺度。"[1]朱自清作为优秀的文学家,关于文艺理论观点有自己一套独特的思考。针对散文观念的现代演进,朱自清也经历了一个思想变化的过程。从20年代主张文学"意在表现自己",到30年代提倡"客观写作",再到后来的"雅俗共赏",从朱自清的文学主张变化中,我们可以获得一些启发。

---

[1] 朱自清.标准与尺度·自序//朱自清全集:第3卷.南京:江苏教育出版社,1996:114.

# "意在表现自己"

"意在表现自己"的观点出自朱自清20世纪20年代的文章《〈背影〉序》（后改名为《论现代中国的小品散文》，刊载于1928年的《文学周报》），文中提到，"意在表现自己"赋予了现代小品散文的精神面貌，"我自己是没有什么定见的，只当时觉着要怎样写，便怎样写了。我意在表现自己，尽了自己的力便行；仁智之见，是在读者"[①]。朱自清自称是"大时代中一名小卒"。考虑到当时的社会环境，"表现自己"观点的提出的确是与时代密切相关的。

中国古代散文讲究的是"文以载道"的传统，强调文学的社会作用。南朝时期的刘勰在《文心雕龙》中提到，"道沿圣以垂文，圣因文而明道"，说明了文学与道的关系。唐代的古文运动则明确提出了"文以明道"的理论纲领。古文运动的领袖之一柳宗元在《报崔黯秀才论为文书》一文中指出，"圣人

---

① 朱自清.《背影》序 // 朱自清全集：第1卷.南京：江苏教育出版社，1996：34.

之言，期以明道，学者务求诸道而遗其辞……道假辞而明，辞假书而传"。北宋理学家周敦颐则在《通书·文辞》中明确提出"文所以载道也"。可见，强调文学的社会作用一直是散文创作的主流。中国古代也曾短暂出现如六朝文学这样的内容，但是其一直作为被批评的对象出现。个人话语在古代社会长时期不受重视，这种创作观念直到现代才出现重要变革。

"五四"时期的到来使社会风貌焕然一新，体现在文学上，则表现为文学观念和创作内容等方面的变化。1918年，周作人发表文章《人的文学》，要求新文学以人道主义为本，对社会人生的各种问题进行观察、研究和分析。在这种文学观念的影响下，评价散文好坏的尺度发生了变化。朱自清在《文学的标准与尺度》一文中曾经对标准与尺度进行了区分，他指出，标准是固定的，而尺度是不固定的。他又对尺度举例说："即如诗本是'言志'的，陆机却说'诗缘情而绮靡'。'言志'其实就是'载道'，与'缘情'大不相同。陆机实在是用了新的尺度。'诗言志'这一个语在开始出现的时候，原也是一种尺度；后来得到公认而流传，就成为一种标准。"[①]原本散文是以载道作为尺度的，这种尺度在现代社会发生了变化，描写个人生活的作品大量涌现，散文有无个性则成为判断文章好坏的新的尺度。

---

① 朱自清.文学的标准与尺度//朱自清全集：第3卷.南京：江苏教育出版社，1996：131.

这种个性首先体现在真诚的态度上。朱自清擅长从个人生活出发，描写他对人生最真挚的感受。例如，有感于时间流逝，他创作了散文《匆匆》，发现"洗手的时候，日子从水盆里过去；吃饭的时候，日子从饭碗里过去；默默时，便从凝然的双眼前过去"[1]。对父亲和子女角色和关系的思考，则体现在《儿女》一文中，"我想这大约还是由于我们抚育不得法；从前只一味地责备孩子，让他们代我们负起责任，却未免是可耻的残酷了！"[2]朱自清还将自己在社会中的见闻写入文章，比如《白种人——上帝的骄子！》一文中，介绍了由于坐车偶遇外国人而引出的内心矛盾。朱自清将他在社会中对不同身份的自我认识写入文章，毫无隐瞒地去表达和反思，表现出真诚的创作态度。即使是与俞平伯创作的同名散文作品《桨声灯影里的秦淮河》，朱自清也是匠心独运，毫无敷衍。他写秦淮河的场景，充满诗情画意："在这薄霭和微漪里，听着那悠然的间歇的桨声，谁能不被引入他的美梦去呢？只愁梦太多了，这些大小船儿如何载得起呀？"[3]秦淮河的梦幻与哀愁都在文字中得到

---

[1] 朱自清.匆匆//朱自清全集：第1卷.南京：江苏教育出版社，1996：3.

[2] 朱自清.儿女//朱自清全集：第1卷.南京：江苏教育出版社，1996：86.

[3] 朱自清.桨声灯影里的秦淮河//朱自清全集：第1卷.南京：江苏教育出版社，1996：8.

体现。朱自清以真诚的态度从事散文创作，其创作中蕴含的是他对生活的感受力和真情实感，体现出"五四"环境下的知识分子的创作活力。

其次，个性还体现在个性化的内容中。朱自清在《〈背影〉序》中列举了现代散文的各种样式，"有种种的样式，种种的流派，表现着，批评着，解释着人生的各面，迁流曼衍，日新月异：有中国名士风，有外国绅士风，有隐士，有叛徒，在思想上是如此。或描写，或讽刺，或委曲，或缜密，或劲健，或绮丽，或洗炼，或流动，或含蓄，在表现上是如此"[①]。这些作家群体中间，有擅长评论时政、语言犀利坦率的《新青年》"随感录"作家群，有以周作人为代表的"言志派"，也有情感丰富、直抒胸臆的创造社作家。朱自清作为文学研究会的重要代表，其作品也体现出鲜明的个性，表现了个性化的内容。朱自清在写景抒情的作品中，往往以极其精妙的笔法描景状物，通过融入自己的感情，营造令人回味无穷的意境。如在《荷塘月色》中，朱自清将荷花比作"刚出浴的美人"；在《春》中，将春天比作青年和小姑娘。他通过新奇的想象表达出自己的赞美之情，在叙事写人的作品中，则表达了朴素动人的情感，通过对细节、语言、心理活动等的描写，传达出微妙

---

① 朱自清.《背影》序//朱自清全集：第1卷.南京：江苏教育出版社，1996：33. 文中"洗炼"一词，今用"洗练"，此处保留原文。——编者注

的感情。如《背影》中生动地刻画了父亲在车站买橘子的背影，这种个性化的经历，通过作者的笔端描绘出来，令人印象深刻。朱自清在欧洲期间还创作了大量的散文，涉及各地的风土人情，其作品内容之丰富、形式之多样，都传达出个性化的特点。

最后，个性体现在不受约束的语言和句法中。骈文是一种讲究句式工整的文体，在古代社会占据重要位置。唐朝王勃的名作《滕王阁序》便是骈体散文的典范——"关山难越，谁悲失路之人？萍水相逢，尽是他乡之客。"极其工整的句式体现了古代社会的长期审美。这种语言习惯在现代被打破，现代散文体现了欧化语言和句法的趋势。在这一时期，朱自清也将欧化的语言用到了散文创作中，例如其名作《桨声灯影里的秦淮河》。文章创作于1923年，开头一段提到"我们开始领略那晃荡着蔷薇色的历史的秦淮河的滋味了"，"蔷薇色的"和"历史的"两个词，通过形容词的叠加来形容秦淮河带给作者的感受，接着发出自己的感慨："我们终于恍然秦淮河的船所以雅丽过于他处，而又有奇异的吸引力的，实在是许多历史的影像使然了"。频繁使用的副词加长了句子长度，也起到了修饰作用。朱自清在20世纪20年代写了许多这样通过形容词、副词修饰的句子，体现了欧化语言的时代特色，这种语言和句法为表现自我增添了新鲜感，体现出与古代"文以载道"的散文创作截然不同的个性。

"意在表现自己"的观点体现在朱自清20年代的大部分创作中。在当下崇尚个性化的教育背景下,抒发个人情感、重视个人情趣在文章中的表现,亦可以成为读书写作的重要参照,这也是我们今天重读朱自清的意义所在。

**【经典品读】**

### 《儿女》(朱自清)选段

我结婚那一年,才十九岁。二十一岁,有了阿九;二十三岁,又有了阿菜。那时我正像一匹野马,那能容忍这些累赘的鞍鞯,辔头,和缰绳?摆脱也知是不行的,但不自觉地时时在摆脱着。现在回想起来,那些日子,真苦了这两个孩子;真是难以宽宥的种种暴行呢!阿九才两岁半的样子,我们住在杭州的学校里。不知怎地,这孩子特别爱哭,又特别怕生人。一不见了母亲,或来了客,就哇哇地哭起来了。学校里住着许多人,我不能让他扰着他们,而客人也总是常有的;我懊恼极了,有一回,特地骗出了妻,关了门,将他按在地下打了一顿。这件事,妻到现在说起来,还觉得有些不忍;她说我的手太辣了,到底还是两岁半的孩子!我近年常想着那时的光景,也觉黯然。阿菜在台州,那是更小了;才过了周岁,还不大会走路。也是为了缠着母亲的缘故吧,我将她紧紧地按在墙角里,直哭喊了三四分钟;因此生了好几天病。妻说,那时真寒心呢!但我的苦痛也是真的。我曾给圣陶写信,说孩子们的磨折,实在无法奈何;有时竟觉着还是自杀的好。这虽是气愤的话,但这样的心情,确也有过的。后来孩子是多起来了,磨折也磨折得久了,少年的锋棱渐渐地钝起来了;加以增长的年岁增长了理性的裁制力,我能够忍耐了——觉得从前真是一个"不成材的父亲",如我给另一个朋友信里所说。但我的孩子们在幼小时,确比别人的特别不安静,我至今还觉如此。我想这大约还是由于我们抚育不得法;从前只一味地责备孩子,让他们代我们负起责任,却未免是可耻的残酷了!

# "客观写作"

20世纪30年代,不同于早期的散文观念"意在表现自己",朱自清的观念发生了较大变化。在1934年出版的《欧游杂记》"序"中,他写道:"书中各篇以记述景物为主,极少说到自己的地方。这是有意避免的:一则自己外行,何必放言高论;二则这个时代,'身边琐事'说来到底无谓。"[1]后来在1943年出版的《伦敦杂记》"自序"中,又写道:"写这些篇杂记的,我还是抱着写《欧游杂记》的态度,就是避免'我'的出现。'身边琐事'还是没有,浪漫的异域感也还是没有。"[2]这段时期,朱自清的创作理念由"表现自己"转为"客观写作",他的文学创作也与前期作品有较大差异,这种变化主要表现在《欧游杂记》和《伦敦杂记》二书中。

---

[1] 朱自清.欧游杂记·序//朱自清全集:第1卷.南京:江苏教育出版社,1996:290.

[2] 朱自清.伦敦杂记·自序//朱自清全集:第1卷.南京:江苏教育出版社,1996:378-379.

一方面，朱自清这种文学理念的变化受到了国外的影响。中国传统的景物描写讲究与情感的融合，王国维在《人间词话》中谈到，"有我之境，以我观物，故物皆著我之色彩"。这种方法在古典诗词中得到了充分的应用，如"感时花溅泪，恨别鸟惊心"，花鸟本无情，不过是诗人的感情寄托罢了。进入20世纪，随着科学技术的发展和世界局势的变化，现代性文学观念和传统产生了较大差异。20世纪30年代，随着西方现代主义思潮进入中国，朱自清也受到了影响。比如，英美新批评派的代表人物艾略特曾经提出"非个人化"的文学主张，即个人经历需要通过处理才能进入文学创作中。他指出："诗歌不是放纵感情，而是逃避感情；不是表现个性，而是逃避个性。"这种影响反映在朱自清30年代的散文创作中。

另一方面，这种变化与朱自清本人的经历和文人气质相关。欧洲的游学经历为朱自清的文学创作积累了素材，《欧游杂记》便是根据他在欧洲的行程创作而来。事实上，中国现代文学一直与历史的发展进程息息相关：启蒙和救亡作为新文学的重要主题，在文学创作中占据主流地位。在政治氛围极其浓郁的现代中国，朱自清将散文创作更多地转向了对民俗风情、城市景观的客观的科普和介绍，这显然与他作为一名知识分子的个性有关。朱自清努力使文学创作与政治保持一段距离，不断地进行文学创作方面的实践与创新。他的"客观写作"表现出以下几个特点。

首先是题材的转变。由于独特的游学背景,《欧游杂记》和《伦敦杂记》二书将大量外国城市题材带入读者视野,作者个人的生活经历体现得较少。朱自清在《欧游杂记》"序"中回忆,他在欧洲的两个月间共去了五个国家、十二个地方。这些地方大多被写成文章,如《威尼斯》一文开头介绍:"威尼斯(Venice)是一个别致地方。出了火车站,你立刻便会觉得;这里没有汽车,要到那儿,不是搭小火轮,便是雇'刚朵拉'(Gondola)。"[①]通过介绍旅行中必不可少的环节——交通工具,突出了不同城市基础建设的差异。《佛罗伦司》一文则挑选了富有特色的教堂和钟楼加以描写:"佛罗伦司(Florence)最教你忘不掉的是那色调鲜明的大教堂与在它一旁的那高耸入云的钟楼。教堂靠近闹市,在狭窄的旧街道与繁密的市房中,展开它那伟大的个儿,好像一座山似的。"[②]这里通过对教堂和闹市的地理方位描写,突出了建筑和色彩通过不同组合给人带来的视觉冲击。《罗马》一文则在开头着重强调了这座城市的历史感:"罗马(Rome)是历史上大帝国的都城,想象起来,

---

① 朱自清.欧游杂记·威尼斯//朱自清全集:第1卷.南京:江苏教育出版社,1996:292.

② 朱自清.欧游杂记·佛罗伦司//朱自清全集:第1卷.南京:江苏教育出版社,1996:297.

总是气象万千似的。现在它的光荣虽然早过去了，但是从七零八落的废墟里，后人还可仿佛于百一。这些废墟，旧有的加上新发掘的，几乎随处可见，像特意点缀这座古城的一般。"[1]站在今天的城墙上，通过对历史上的罗马古城的追忆，仿佛更能增加一些对这座城市的理解。通过大量以外国城市为题材的散文创作，朱自清拓展了写作的新方向。

其次是创作方法的转变。这种转变主要体现在客观描写上。由于有大量外国城市题材的引入，朱自清较多地以科普的形式，客观地对自然人文景观进行介绍。例如，《威尼斯》中介绍教堂和钟楼的外观——"教堂左右那两溜儿楼房，式样各别，并不对称；钟楼高三百二十二英尺，也偏在一边儿。但这两溜房子都是三层，都有许多拱门，恰与教堂的门面与圆顶相称；又都是白石造成，越衬出教堂的金碧辉煌来。"[2]通过对建筑体积、材料的介绍，使读者有了大致清晰的印象。又如，《瑞士》中对铁路轨道的描写——"瑞士是山国，铁道依山而筑，隧道极少；所以老是高高低低，有时像差得很远的。还有一种爬山铁道，这儿特别多。狭狭的双轨之间，另加一条特别

---

[1] 朱自清.欧游杂记·罗马//朱自清全集：第1卷.南京：江苏教育出版社，1996：302.
[2] 朱自清.欧游杂记·威尼斯//朱自清全集：第1卷.南京：江苏教育出版社，1996：293.

轨：有时是一个个方格儿，有时是一个个钩子；车底下带一种齿轮似的东西，一步步咬着这些方格儿，这些钩子，慢慢地爬上爬下。"① 通过对当地交通工具的描写，可令读者感受不同地域的特色。此外，朱自清还常常通过讲故事的方法，使得描写的对象更为有趣和丰富。例如，散文《罗马》中介绍圣彼得堂的故事——"圣彼得堂最精妙，在城北尼罗圆场的旧址上。尼罗在此地杀了许多基督教徒。据说圣彼得上十字架后也便葬在这里。这教堂几经兴废，现在的房屋是十六世纪初年动工，经了许多建筑师的手。密凯安杰罗七十二岁时，受保罗第三的命，在这儿工作了十七年。"② 又如，《罗马》中后人根据济慈墓刻上的最后一句话"这儿躺着一个人，他的名字是用水写的"创作的一段诗歌："济兹名字好，说是水写成；一点一滴水，后人的泪痕——英雄枯万骨，难如此感人。安睡吧，陈词虽挂漏，高风自峥嵘。"③ 建筑的历史和人物的生活紧紧联系在一起，使得建筑增添了几分人文气息。

再次是描写方法的改变，导致散文句型发生了变化。

---

① 朱自清. 欧游杂记·瑞士 // 朱自清全集：第1卷. 南京：江苏教育出版社，1996：314.

② 朱自清. 欧游杂记·罗马 // 朱自清全集：第1卷. 南京：江苏教育出版社，1996：304.

③ 同②309. 济兹，今译济慈。——编者注

前文提到，在这一阶段创作的文章中，为避免景物描写中"是""有""在"句式频繁出现，朱自清在文字的排列组合上也下了一番功夫。他在《欧游杂记》"序"中自述："不从景物自身而从游人说，例如'天尽头处偶尔看见一架半架风车'。若能将静的变为动的，那当然更乐意，例如'他的左胳膊底下钻出一个孩子'（画中人物）。"[1]他常常将"是""有""在"句式用于文章开头的判断性描述中，如对滂卑故城地理位置的描述："滂卑（Pompei）故城在奈波里之南，意大利半岛的西南角上。维苏威火山在它的正东，像一座围屏。"[2]在文章的详细记述中，则灵活运用多种视角和表现方法，如"车窗里直望下去，却往往只见一丛丛的树顶，到处是深的绿，在风里微微波动着"。景物通过人物的眼来看，是运动的颜色，为景物增添了一些活力和互动性。

20世纪30年代，朱自清以"客观写作"的文学理念创作散文，创作出一批具有阶段性特色的作品。进入40年代，朱自清又提出了"雅俗共赏"的新尺度，表现出他作为知识分子对文学创作与接受的复杂考虑。

---

[1] 朱自清.欧游杂记·序//朱自清全集：第1卷.南京：江苏教育出版社，1996：290.

[2] 朱自清.欧游杂记·滂卑故城//朱自清全集：第1卷.南京：江苏教育出版社，1996：310.

# 第六章
## 文学的《标准与尺度》

【经典品读】

### 《三家书店》（朱自清）选段

伦敦卖旧书的铺子，集中在切林克拉斯路（Charing Cross Road）。那是热闹地方，顶容易找。路不宽，也不长，只这么弯弯的一段儿；两旁不短的是书，玻璃窗里齐整整排着的，门口摊儿上乱哄哄摆着的，都有。加上那徘徊在窗前的，围绕着摊儿的，看书的人，到处显得拥拥挤挤，看过去路便更窄了。摊儿上看最痛快，随你翻，用不着"劳驾""多谢"；可是让风吹日晒的到底没什么好书，要看好的还得进铺子去。进去了有时也可随便看，随便翻，但用得着"劳驾""多谢"的时候也有；不过爱买不买，决不至于遭白眼。说是旧书，新书可也有的是；只是来者多数为的旧书罢了。

最大的一家要算福也尔（Foyle），在路西；新旧大楼隔着一道小街相对着，共占七号门牌，都是四层，旧大楼还带地下室——可并不是地窨子。店里按着书的性质分二十五部；地下室里满是旧文学书。这爿店二十八年前本是一家小铺子，只用了一个店员；现在店员差不多到了二百人，藏书到了二百万种，伦敦的《晨报》称为"世界最大的新旧书店"。两边店门口也摆着书摊儿，可是比别家的大。我的一本《袖珍欧洲指南》,就在这儿从那穿了满染着书尘的工作衣的店员手里,用半价买到的。在摊儿上翻书的时候,往往看不见店员的影子;等到选好了书四面找他,他却从不知那一个角落里钻出来了。但最值得流连的还是那间地下室;那儿有好多排书架子,地上还东一堆西一堆的。乍进去,好像掉在书海里;慢慢地才找出道儿来。屋里不够亮,土又多,离窗户远些的地方,白日也得开灯。可是看得自在;他们是早七点到晚九点,你待个几点钟不在乎,一天去几趟也不在乎。 只有一件,不可着急。你得像逛庙会逛小市那样,一半玩儿,一半当真,翻翻看看,看看翻翻;也许好几回碰不见一本合意的书,也许霎时间到手了不止一本。

开铺子少不了生意经,福也尔的却颇高雅。他们在旧大楼的四层上留出一间美术馆,不时地展览一些画。去看不花钱,还送展览目录;目录后面印着几行字,告诉你要买美术书可到馆旁艺术部去。展览的画也并不坏,有卖的,有不卖的。他们又常在馆里举行演讲会,讲的人和主席的人当中,不缺少知名的。听讲也不用花钱;只每季的演讲程序表下,"恭请你注意组织演讲会的福也尔书店"。还有所谓文学午餐会,记得也在馆里。他们请一两个小名人做主角,随便谁,纳了餐费便可加入;英国的午餐很简单,费不会多。假使有闲工夫,去领略领略那名隽的谈吐,倒也值得的,不过去的却并不怎样多。

## "雅俗共赏"

1948年，朱自清出版了《论雅俗共赏》。在该书"序"中，朱自清提道："所谓现代的立场，按我的了解，可以说就是'雅俗共赏'的立场，也可以说是偏重俗人或常人的立场，也可以说是近于人民的立场。书中各篇论文都在朝着这个方向说话。《论雅俗共赏》放在第一篇，并且用作书名，用意也在此。"[1]针对这种变化，李广田先生曾经评价：朱自清文学道路的变化是与他的现实生活和时代发展密切相关的。朱自清指出，"决定一个人的文学道路的乃是他的现实生活的道路，而决定他的生活道路的，乃是时代的道路"[2]。

20世纪30年代后期，全民族抗战时代已经来临。1942年，毛泽东在延安文艺座谈会上提出文艺大众化的方向。大众化代

---

[1] 朱自清.论雅俗共赏.序//朱自清全集：第3卷.南京：江苏教育出版社，1996：218.

[2] 李广田.朱自清先生的道路//李广田论教育.昆明：云南人民出版社，2013：308.

表了当时时代的大趋势。在《论雅俗共赏》这篇文章中，朱自清首先指出，"雅俗共赏"的立场是偏重俗人或常人的立场。朱自清早期的工笔美文，如《桨声灯影里的秦淮河》以描写细腻、匠心独运著称，然而文字的高超技巧，不同文化水平的读者对其接受程度不同。这一时期，朱自清有感于现实，创作了大量针对现实问题的评论文章，这些文章思考深刻，往往针对最具现实意义的代表问题有感而发，体现了他当时的独特立场。

"雅俗共赏"是朱自清对中国文学发展的独特思考。在《论雅俗共赏》这篇文章中，朱自清系统地梳理了从古至今由于社会变迁导致的文学观念的变化。唐朝的"安史之乱"作为重要的分水岭，改变了原来社会等级的固定性。这也是后来唐代传奇、词曲、白话小说等出现的重要社会原因。进入20世纪以来，随着白话文运动、"文艺大众化"等的宣传，文学逐渐由"居殿堂之高"的纯文学变得通俗起来。可以说，"雅俗共赏"体现了文学发展的整体趋势。

朱自清"雅俗共赏"的审美追求主要体现在几个方面。首先，朱自清对"雅俗"做了细致分析。他在文章《低级趣味》中谈到，"从前论人物，论诗文，常用雅俗两个词来分别。有所谓雅致，有所谓俗气。雅该原是都雅，都是都市，这个雅就是成都人说的'苏气'。俗该原是鄙俗，鄙是乡野，这个俗就是普通话里的'土气'。城里人大方，乡下人小样，雅俗的分别就在这里……雅俗是人品，也是诗文品，称为雅致，称为俗气，这'致'和'气'正指自然流露，做作不得"[1]。雅俗可以就人和文学作品两方面而言：一方面是就文学的受众，即文学作品可以满足不同文化水平的读者欣赏的需要；另一方面是就创作要求，即对于雅文学和俗文学的划分。"雅俗共赏"体现了文学作品和读者的双向互动，作品可以有多种维度的评价标准，不同水平的读者阅读的需要也可以被满足。

其次，朱自清在创作中体现了"雅俗共赏"的审美追求。一方面，从题材上看，朱自清的作品中既有表现父子亲情、感人肺腑的抒情怀人之作《背影》，也有讨论深刻、观点鞭辟入里的《论百读不厌》《论逼真与如画》等文章。另一方面，从语言上看，朱自清的作品中既有活泼俏皮、口语化的短句俗语，也有引经据典、充满大量修饰词的欧化句式。在朱自清较长的文学创作实践中，他的作品体现了他本人文学观念的阶段性变化；从读者的接受角度看，也表现出了多样化的内容。

朱自清"雅俗共赏"的文学观念具有其现实意义。近年来，每一次语文教材的选文变动都会引发社会上的热烈讨论，"鲁迅大撤退""金庸小说进入教材"等都引发了社会上对于

---

[1] 朱自清.低级趣味//朱自清全集：第3卷.南京：江苏教育出版社，1996：168.

雅俗问题的讨论。通俗文学能否进入经典作品的行列？俗文学和雅文学的界限在哪里？网络小说写作的规范是什么？朱自清在20世纪40年代提出的观点，或许可以为今天的我们提供一些参考。

【经典品读】

### 《论雅俗共赏》（朱自清）选段

宋朝不但古文走上了"雅俗共赏"的路，诗也走向这条路。胡适之先生说宋诗的好处就在"做诗如说话"，一语破的指出了这条路。自然，这条路上还有许多曲折，但是就像不好懂的黄山谷，他也提出了"以俗为雅"的主张，并且点化了许多俗语成为诗句。实践上"以俗为雅"，并不从他开始，梅圣俞、苏东坡都是好手，而苏东坡更胜。据记载梅和苏都说过"以俗为雅"这句话，可是不大靠得住；黄山谷却在《再次杨明叔韵》一诗的"引"里郑重的提出"以俗为雅，以故为新"，说是"举一纲而张万目"。他将"以俗为雅"放在第一，因为这实在可以说是宋诗的一般作风，也正是"雅俗共赏"的路。但是加上"以故为新"，路就曲折起来，那是雅人自赏，黄山谷所以终于不好懂了。不过黄山谷虽然不好懂，宋诗却终于回到了

"做诗如说话"的路,这"如说话",的确是条大路。

雅化的诗还不得不回向俗化,刚刚来自民间的词,在当时不用说自然是"雅俗共赏"的。别瞧黄山谷的有些诗不好懂,他的一些小词可够俗的。柳耆卿更是个通俗的词人。词后来虽然渐渐雅化或文人化,可是始终不能雅到诗的地位,它怎么着也只是"诗馀"。词变为曲,不是在文人手里变,是在民间变的;曲又变得比词俗,虽然也经过雅化或文人化,可是还雅不到词的地位,它只是"词馀"。一方面从晚唐和尚的俗讲演变出来的宋朝的"说话"就是说书,乃至后来的平话以及章回小说,还有宋朝的杂剧和诸宫调等等转变成功的元朝的杂剧和戏文,乃至后来的传奇,以及皮簧戏,更多半是些"不登大雅"的"俗文学"。这些除元杂剧和后来的传奇也算是"词馀"以外,在过去的文学传统里简直没有地位;也就是说这些小说和戏剧在过去的文学传统里多半没有地位,有些有点地位,也不是正经地位。可是虽然俗,大体上却"俗不伤雅",虽然没有什么地位,却总是"雅俗共赏"的玩艺儿。

"雅俗共赏"是以雅为主的,从宋人的"以俗为雅"以及常语的"俗不伤雅",更可见出这种宾主之分。起初成群俗士蜂拥而上,固然逼得原来的雅士不得不理会到甚

# 第六章
文学的《标准与尺度》

至迁就着他们的趣味,可是这些俗士需要摆脱的更多。他们在学习,在享受,也在蜕变,这样渐渐适应那雅化的传统,于是乎新旧打成一片,传统多多少少变了质继续下去。前面说过的文体和诗风的种种改变,就是新旧双方调整的过程,结果迁就的渐渐不觉其为迁就,学习的也渐渐习惯成了自然,传统的确稍稍变了质,但是还是文言或雅言为主,就算跟民众近了一些,近得也不太多。

# 第七章 师者自清

> **导读**
>
> 朱自清作为一名教师,被人称作语文教育界的"全才",他从北京大学毕业之后便成为一名教师,先后在多所中等学校、师范学校和清华大学任教,可谓从教终身。那么,为什么朱老师被称作"全才"?这位"全才"老师是如何修炼而成的?他的语文教育思想对我们当下的语文学习有什么重要的启示?

## 朱老师是怎样"炼"成的

　　1920年5月,朱自清从北京大学哲学系提前毕业,获文学学士学位,之后,便开始在江浙多所中学任国文教员:从1920年6月到1925年8月这五年多的时间里,先后任教于浙江省立第一师范学校(杭州)、江苏省立第八中学(扬州)、上海中国公学、浙江省立第六师范学校(台州)、浙江省立第十中学(温州)、浙江省立第四中学(宁波)、浙江白马湖私立春晖中学等七个学校,担任中等学校国文教师,就是我们现在所说的中学语文老师。1925年2月,因为春晖中学闹学潮,朱自清不满于学校对待学生的方式而辞职,本欲到商务印书馆谋求职位,却不见回音。恰逢清华大学成立国文系,经过好友俞平伯的推荐,朱自清到清华大学担任中文系教授,此后便没有离开清华大学,还曾兼任中文系主任16年。本来"颇想脱离教育界"的他,最终从教终身。

　　朱自清在担任老师方面,被叶圣陶、郭绍虞、周予同等同僚、好友称作"全才",不仅兼有中学及大学的教学经验,

# 第七章
## 师者自清

又富有文学研究的精神。这样一位全才老师，究竟是如何修炼而成的？他在学习成长期间做了哪些积累？又有哪些值得我们借鉴的？众所周知，语言文字的教授与学习，在读和写两个方面是要下很大功夫的，而朱自清在这两方面时刻以国文老师的标准、甚至可以说是高于国文老师的标准要求自己，无论是在读书期间还是在教学期间，都保持着良好的习惯，有着深厚的积淀。

在写作方面，朱自清自从当了老师开始，便十分注重学习写诗和作文。他的最终目的并不是为了当一位诗人或者作家（尽管后来的现代文学史上有他浓墨重彩的一笔），而是为了当好一名国文教师。正像他所说的："我是一个国文教师，我的国文教师生活的开始可以说也就是我的写作生活的开始。"他不仅在江浙一带教书时热衷于作诗、写散文，甚至与叶圣陶和刘延陵创办了中国现代新诗史上第一份新诗刊物——《诗》月刊；同时也在清华大学教书期间拜古文学家黄节（晦闻）为师，练习写旧体诗词。

学校严谨认真的教学氛围也在一定程度上影响了朱自清擅长的文体和写作风格，使得他不去尝试天马行空的小说创作，而是着力于诗歌和记事写景散文的写作；同时也使得他的写作清新朴实、十分严谨，"注意每个词的意义，每一句的安排和音节，每一段的长短和衔接处"，严谨到甚至让人看起来有些

"费力"①。朱自清的写作也受到了教学同伴的熏陶与感染。1924年春,朱自清应邀到浙江上虞白马湖春晖中学执教。在那里,朱自清与夏丏尊、丰子恺、朱光潜等人不仅成了同事,也成了生活和文学等各个方面的知音,在文学方面相互切磋,又相互成就。例如,他曾称赞朱光潜的《给青年的十二封信》具有"态度的亲切和谈话的风趣",说《文艺心理学》"全书文字像行云流水,自在极了"(参见《〈谈美〉序》和《〈文艺心理学〉序》)。实际上,我们看《说扬州》《背影》《春》《荷塘月色》等朱自清的散文名篇,不也都含有与读者对话的亲切态度吗,不也都在朴实的文字中掺杂着幽默风趣的味道吗?朱自清终身从教,他为了当老师要求自己写作,也在一定程度上因为当老师成就了自己的写作,而他的写作经验当然也是指导学生作文与写论文的重要依托。如此相辅相成,何其妙哉!

朱自清不仅在写作方面严格要求自己,在阅读方面更是从小便打下了扎实的基础。前面提到,朱自清生于官宦家庭,又是家中长子,长辈对朱自清寄予深切厚望,从来没耽误过他的教育,他四岁时就在江苏东海镇上的私塾读书,又在扬州完成了初等小学、高等小学和中学的学习。可以说,朱自清自小便有着良好的国学基础。他回忆自己的幼年生活时,曾特别谈

---

① 朱自清.写作杂谈//朱自清全集:第2卷.南京:江苏教育出版社,1996:105.

到在私塾里跟随戴子秋先生做通了国文。同时，由于朱自清家中藏书丰富，许多经典作品（当然主要是国学经典）便成为他的日常读物；家里的书读完了，他就想办法跟同学、朋友借书或者去书店买书。在中学读书的时候，家里给他的零用钱，大部分都被他用到了买书上。到了大学时期，哲学系的人文科学滋养又让他涉猎了诸多国内外的作品，使他的阅读触角由传统国学延伸到了外国人文科学，小时候用家中的钱买书的做法也"变本加厉"为托友人买书或者借书来读，甚至变卖衣物来买书。我们看一看他在春晖中学时撰写的一篇文章选段：

我曾说书籍可作心的旅行的向导，现在就谈读书吧。周作人先生说他目下只想无事时喝点茶，读点新书。喝茶我是无可无不可，读新书却很高兴！读新书有如幼时看西洋景，一页一页都有活鲜鲜的意思；又如到一个新地方，见一个新朋友。读新出版的杂志，也正是如此，或者更闹热些。读新书如吃时鲜鲥鱼，读新杂志如到惠罗公司去看新到的货色。我还喜欢读冷僻的书。冷僻的书因为冷僻的缘故，在我觉着和新书一样；仿佛旁人都不熟悉，只我有此眼福，便高兴了。我之所以喜欢搜阅各种笔记，就是这个缘故。尺牍，日记等，也是我所爱读的；因为原是随随便便，老老实实地写来，不露咬牙切齿的样子，便更加亲切，不知不觉将人招了入内。同样的理由，我爱读野史和逸事；在它们里，我见着活泼泼的真实的人。——它们所记，虽只一言一动之微，却包蕴着全个的性格；最要紧的，包蕴着与众不同的趣味。旧有《世说新语》，新出的《欧美逸话》，都曾给我满足。我又爱读游记；这也是穷措大替代旅行之一法，从前的雅人叫做"卧游"的便是。从游记里，至少可以"知道"些异域的风土人情；好一些，还可以培养些异域的情调。……近顷《南洋旅行漫记》和《山野掇拾》出来了，我便赶紧买得，复仇似的读完，这才舒服了。①

从这个选段当中，我们不仅可以看出朱自清对读书的热爱有如孩子看到未知的新世界般好奇，也可以看出朱自清对书籍的涉猎之广泛：笔记、尺牍、日记、野史、逸事，国内的、国外的。他的涉猎范围便如此篇文章标题《"海阔天空"与"古今中外"》所说的那般，像海一般辽阔，像天空一般宽广，又贯通古今中外。此外，朱自清还曾在清华大学任职期间，到伦敦大学进修语言学和英国文学，在这期间，他更是制定详尽的读书计划，阅读了诸多中外经典作品。朱自清阅读的全面性由此可见一斑。

这些阅读的积累自然给朱自清从事教职增色不少。而读书

---

① 朱自清."海阔天空"与"古今中外"//朱自清全集：第1卷.南京：江苏教育出版社，1996：136-138.

不仅成为朱自清一生的爱好,也是他所认定的担任一名老师的重要标准——这是他给自己定下的标准,他曾经梦到自己因为学生谴责他不读书、研究毫无系统而提出辞职,可见他对作为一名教师的要求有多么严格,这也是他能够成为一位"全才"老师的重要原因之一。

师者自清
今天如何读朱自清

# 语文学习要注重读与写

朱自清有五年时间在中学国文教育教学的一线工作,后来也对语文教育问题有一定的研究,发表过《语文杂谈》《文言白话杂论》等专论,还曾和沈从文一起协助杨振声主编小学教科书和中学国文教科书,临终前与叶圣陶、吕叔湘合编《开明新编高级国文读本》。为了推动中学语文教育的研究,他与西南联大同人共同筹办了《国文月刊》。叶圣陶、郭绍虞等人曾经评价道:"根据他的经验制定语文教学的方案,自然不会好高骛远,闭门造车而不合于辙……于是解析语文教学的问题,更能够深中肯綮,剖析入微,不至于空疏迂阔,类乎戏论。"[①]可见朱自清对于语文教学的理论见解具有一定的参考价值。

朱自清对语文学习的提醒很简单,也是我们老生常谈的四个字,那便是:听、说、读、写。其中,他谈得最多的便是"读"与"写"。他把这两个字研究得十分深入、十分透彻,

---

① 叶圣陶,郭绍虞,周予同.悼念朱自清先生.国文月刊,1948-09-10(第71期).

形成了一套朱氏语文教育论，对于我们的语文学习也有诸多启示意义。

朱自清喜欢阅读，也对阅读之于语文学习的意义认识得十分深刻。他认为，阅读教学有着三重益处——"一方面训练了解的能力，一方面传播固有的和现代的文化，另一方面提供写作的范本"[1]。

阅读首先是要了解文本的基本大意。小学阶段，语文老师总会带着我们概括文章的段落大意，这就是朱自清所说的"了解的能力"。在了解的基础之上，朱自清认为阅读更应该着力于欣赏文章：

欣赏并不是给课文加上"好""美""雅""神妙""精致""豪放""婉约""温柔敦厚""典丽矞皇"一类抽象的、多义的评语，就算数的；得从词汇和比喻的选择，章句和全篇的组织，以及作者着意和用力的地方，找出那创新的或变古的，独特的东西，去体会，去领会，才是切实的受用。[2]

---

[1] 叶绍钧，朱自清. 国文教学·序 // 朱自清论语文教育. 郑州：河南教育出版社，1985：36.
[2] 朱自清. 再论中学生的国文程度 // 朱自清论语文教育. 郑州：河南教育出版社，1985：63.

## 师者自清
### 今天如何读朱自清

我们在概括段落大意时，只是对文章的大致意思有了一个了解，然而要深入去体味文章的内涵，不仅仅需要对全篇的内容组织架构有清晰的把握，还要从具体的字句入手，从作者写作的背景入手，去细细欣赏文章。所谓"欣赏"，首先，从作为文学四要素之一的"作者"角度来看，关键在于能够从作者的角度去设身处地地思考，明白作者为什么要这样写，即作者写作的目的；体会作者为什么只能这样写，即作者情之所至的所在。其次，从"作品"角度来看，关键在于能够将自己在生活当中所获得的一些已有的经验、情感带入作品当中，从而深入作品创设的情境，理解作品内在的思路，继而产生情感上的共鸣。朱自清所要求的"欣赏"，并不是一蹴而就的，既需要读者对作品的整体结构有具体的把握，抓住作品抒情叙述的整体线索；又要求读者有良好的文字功底，对作品中的用词，甚至是细微的一两个字的运用有深入的认识（所谓"推敲"二字，说的大概就是欣赏作品时对待文字的态度）。最后，最难得的，便是从读者自身的人生阅历与对情感的敏感度出发。读者需要对文章描述的内容有切身的体会，不一定要与作者有完全相同的经历，可能是有类似的经历，或者是拥有自己经历诸多事情之后的一些思考，这样才能够真正理解一篇文章。而我们的经历、我们对于人生的思考，显然是随着年龄的增长不断增多、不断加深的，这也就是为什么我们经常说：经典会常读常新。经典就是有这样的力量,你在不同的人生阶段阅读,会有不一样的感受、不一样的收获。

朱自清在进行阅读教学的时候,一直反对"好读书,不求甚解",强调学生对文章要做到"咬文嚼字",大概就是为了让学生走近作者、深入作品,真正有所收获吧!当我们真正理解了作者与作品,作品自然也就内化于胸中,成为我们今后写作的重要参照。

朱自清对于阅读的方法也有深入的研究。40年代初,他与叶圣陶合作编著了《精读指导举隅》和《略读指导举隅》,每本都有前言,对精读与略读的方法进行纲领性的指导,并且选取《药》(鲁迅)、《孟子》、《爱的教育》等经典篇目做精读或略读的示范。在文章精读的过程中,不仅要做到平时语文学习当中都在做的通读全文、认识生字生词、回答教师的问题,朱自清还特别提出了要吟诵、参读其他相关的文章。他特别强调诵读在语文学习当中的作用,认为诵读可以增强学生理解和写作文章的能力:

中学生对于读的功夫是太差了……你能否从文学中体会出古文的感情呢?这需要训练,需要用心。慢慢的去揣摩古人的心怀,然后才发现其中的奥蕴……然而只要多读它几遍,多体会一下,了解的程度就不同,所以读的功夫我以为非常重要的。①

从中小学甚至到大学，我们的教育都推崇早读。在诵读当中理清文章的结构，借助语感对于文章有更为深入的理解，积累写作知识，掌握不同的语调词汇，这对于语文学习具有十分重大的意义。所以，在语文学习的过程中，不能因为重视理解与分析，就忽视诵读的重要性；大声读出来，会有意想不到的收获。

在朱自清的语文教育体系中，参读相关的文章属于一种推广演绎的方法。他认为，既然我们精读了一篇文章，熟知了它的脉络及写作的手法，就应该推广开来，去阅读更多类似的相关文章，才能够领会某一类文章的各个方面，从而对这一类文章有较为敏感的神经，在以后阅读相关文章时就可以更加得心应手。联想到我们当今的语文教学，几乎都是单元式的学习，每一个单元的文章要不就是在内容上具有相关性，要不就是在文体上具有相似性，可见我们的语文教材已经为我们参读文章打下了良好的基础。但是，这还远远不够。在学习的过程中，还可以通过老师推荐以及网络搜索等手段，寻找与自己感兴趣的文章相关联的文章，可以是作者写的一系列文章，也可以是作者在同一个时期所撰写的文章，等等。这样不仅能够锻炼自

---

① 朱自清.怎样学习国文//朱自清论语文教育.郑州：河南教育出版社，1985：41.

己的阅读与搜集材料的能力，同时也能够使自己对于文章的理解更加深入。

略读则是在教师指导的前提下，由学生自己抓住主要纲目内容去阅读，并且在短时间内获取需要的知识与信息，所谓"提纲挈领，期其自得"。这一阅读方法实际上是在精读学习的基础上提出来的，需要学生对于文章脉络的梳理、作品版本的选择、相关材料的搜集都有自己一定的心得，才能够掌握略读的方法，实现略读的目的。这一阅读方法尤其在大学学习期间具有重要作用。

同时，朱自清也对阅读的内容有自己的看法，不仅十分推崇文言文阅读，重视传播传统文化，还强调要多多涉猎外国现代文学。从小到大的国学训练让朱自清精通中国传统文化，他反对文言文无用论，十分强调文言文阅读的作用：

由于文言文在日常应用上渐渐的失去效用，我们对于过去用文言文写的典籍，便漠不关心，这是错误的思想。因为我们过去的典籍，我们阅读它，研究它，可以得到古代的学术思想，了解古代的生活状况，这便是中国人对于中国历史认识的任务。①

---

① 朱自清.怎样学习国文//朱自清论语文教育.郑州：河南教育出版社，1985：42.

阅读文言文能够认识中国的历史，得到中国古代思想的熏陶，在无形中提升自身的欣赏力。所以，为了让更多人阅读中国经典，学习中国的传统文化，朱自清在40年代编撰了一部《经典常谈》，共收录13篇文章，以《说文解字》起首，对《周易》、《尚书》、《诗经》、"三礼"、"春秋三传"、"四书"、《战国策》、《史记》、《汉书》、辞赋、诗、文等若干种古书和古文体作了精要的分析讲解，对于文言文的学习指导大有裨益。

朱自清并不是一个仅仅宣扬传统诗文阅读的"老古董"，而是实行"古今贯通、中外融汇"方针的"新青年"。1929年秋，朱自清和杨振声一起拟定清华中文系的课程，在《中国文学系课程总说明》中写道："我们的课程的组织，一方面注重研究我们的旧文学，一方面更参考外国的现代文学。"在当时，参考外国文学是为了吸收外国已经较为成熟的艺术表现形式，为己所用，创造中国的新文学；而到了当今的新时代，我们的语文学习同样强调外国文学，便少了功利的成分，更多的是学习吸取不同的艺术表现形式，接受不同时期、不同地域、不同文化的滋养，成为一个全面的人。

阅读与写作被称作语文教学的两翼。朱自清亦把写作训练当作语文教学的重要内容，把写作训练提到"生活技术的训练""做人的训练"的高度。写作在朱自清这里有了人格教育的功能与意义：通过写作，能够提高思想认识的水平和认识社会与人生的能力；同时，写作也是每一个人进入社会、参加实际工作所必需的基本技能。朱自清对于写作的定位可谓鞭辟入里。

那么，朱自清提醒我们在写作时要注意哪些方面呢？首先，他强调作文的学习要讲求实用性、生活性，作文不同于文学创作。我们学习语文、学习作文，甚至学习其他科目的一些知识，除了精神上给我们滋养以外，还有一点，就是要为我们的生活服务。所以，朱自清强调要加强"应用文"的学习，这当然不是说我们只需要关注文章的"应用性"。对大部分人来说，写好应用型文章是进行文学创作的重要基础。因为当前教育体系的关系，应用型文章是我们从小开始接触的，而无论是文辞还是思维，在应用型文章的训练过程中都十分严格，所以我们应特别重视应用型文章的学习。在朱自清看来，"应用文"包括记叙文、说明文、议论文。而要写好这三类文章，最重要的是把每一句话"写清楚""写通顺"①。这两点看似简单，要真正做到并做好可不容易。把话写得清楚明白的前提不仅是有扎实的语言功底，还需要有清晰明了的作文思路，这一

---

① 朱自清.关于散文写作答《文艺知识》编者问//朱自清全集：第4卷.南京：江苏教育出版社，1996：484.

点是我们在作文当中经常忽略的。

其次，作文不同于日常的说话，不能过分依赖日常的语言进行作文。在《中学生的国文程度》一文中，朱自清明确指出：学生白话写作存在问题的重要原因之一便是过分依赖说话，没有鉴别作文与说话的差异，把许多口语化的表达直接搬到作文当中。要知道，作文语言是书面语言，虽然与说话有相通之处，但两者的不同之处绝对不容忽视。在朱自清看来，作文与说话的一个重要区别就在于前面也提到过的"思路"二字，更抽象一点就是所谓的"脉"。对于文章结构的思考是一种"意脉"，而当"意脉"要落实为具体的文字时，就形成了"文脉"。"意脉"的形成已经很困难了，要落实到具体的文字，则需要将文章的思路想得更为透彻深入，也需要更好的逻辑思维。无怪乎朱自清说："思想，谈话，演说，作文，这四步一步比一步难，一步比一步需要更多的条理。"[1]

在进行写作训练的过程中，我们应遵从朱自清先生的教诲，注重对自己语言基本功和逻辑思维、文章思路的训练，说清楚话，想清楚事，方能做明白文。

---

[1] 朱自清.写作杂谈//朱自清论语文教育.郑州：河南教育出版社，1985：165-166.

【我来品说】

> 1. 朱自清的从教经历与他的文学积累有什么关联?这给了你什么启示?
>
> 2. 朱自清的语文教育观念对你的个人学习有什么启发?